Kurt Brand – Dursttod über Terra

KURT BRAND

REN DHARK

DURSTTOD ÜBER TERRA

Science-Fiction-Roman

DEUTSCHER LITERATUR-VERLAG HAMBURG
OTTO MELCHERT

DLV-Taschenbuch Nr. 283

2. Auflage

Umschlaggestaltung: Carrillo
Gesamtherstellung: Elsnerdruck, Berlin
Printed in Germany 1990
ISB N 3-87152-285-6

Ahim Bejon fand wieder keinen Schlaf und wälzte sich ruhelos auf seinem einfachen Lager hin und her.

Nackt lag er darauf, und der Schweiß rann ihm über Gesicht und Brust. Das kleine Fenster durfte er nicht aufreißen, dann kam der Glutwind herein, der seit mehr als einer Woche mit Sonnenuntergang zu heulen begann und erst wieder verstummte, wenn der glühende Sonnenball im Osten aufging.

Ahim Bejon konnte sich nicht erinnern, jemals diesen nächtlichen Glutwind erlebt zu haben, aber auch alle anderen, die er inzwischen befragt hatte, wußten nicht, wann es jemals so ein heißes, trockenes Frühjahr gegeben hatte.

Der Regen wird schon kommen, trösteten sie sich und wußten, daß sie sich selbst belogen. Traten sie des Morgens vor das Haus und blickten über die kahlen Felder, dann sahen sie, wieviel besten Boden – zu Staub verbrannt – der nächtliche Glutwind in der Nacht wieder mal davongetragen hatte.

Wer hatte jemals am Ghilk Dünen gesehen, die sich pro Tag um knapp einen Meter nach Westen schoben? Wer hatte erlebt, daß die Fiit um diese Jahreszeit zu durchschreiten war und das Wasser nicht höher als bis an die Knie reichte?

Ahim Bejon hielt es in dem kleinen und überhitzten Raum nicht länger aus. Er erhob sich, zog das lange dünne Hemd über, das er vor Stunden abgestreift hatte, und trat nach draußen.

Vollmond!

Und Glutwind!

Und Sterne, und sie leuchteten und blitzten, als ob jeder einzelne besonders blank geputzt worden sei.

Bejons Lippen wurden trocken, und er verschwand im Haus, riß die Kühlschranktür auf und fluchte.

Die Innenraumbeleuchtung brannte nicht, und statt Kälte kam ihm Wärme entgegen.

Wann in dieser Nacht war schon wieder einmal der Strom ausgefallen? Welchen fadenscheinigen Grund würde am nächsten Morgen das E-Werk liefern? Das ging nun bald Nacht für Nacht so.

Kein Strom! Und dies bedeutete, daß die leichtverderblichen Lebensmittel ungenießbar wurden.

Bejons Wunsch, seinen Durst mit eiskaltem Sodawasser zu löschen, konnte nicht erfüllt werden. Er nahm mit der warmen Brühe vorlieb, schüttelte sich, nachdem er getrunken hatte, und trat abermals vor sein einfaches Haus am Ende des Dorfes. Er starrte in die Nacht und hörte das Heulen des Glutwindes, spürte die lähmende Hitze, die er über das Land brachte.

Woher kam dieser heiße Wind, den es vorher noch nie gegeben hatte?

Woher kamen diese Höllentemperaturen am Tag? Früher hatte die Sonne im Frühjahr doch auch schon tage- und wochenlang vom wolkenlosen Himmel gebrannt, aber dann war es trotz allem nie so unerträglich heiß gewesen wie in diesen ersten Monaten des Jahres. Was würde es geben, wenn dieser Zustand sich nicht änderte?

Bauer Ahim Bejon wagte diese Gedanken nicht weiterzuspinnen.

Was hatte ihnen im letzten Winter diese verdammte Alte, die Hexe Shuja, gesagt?

Die Erde wird vertrocknen und als Staub zu den Sternen fliegen!

Die alte Shuja war noch nie richtig im Kopf gewesen, aber plötzlich bekam Bejon Angst, sie könnte in diesem einen Fall doch die Wahrheit gesagt haben.

Er war kein frommer Mann, doch nun dachte er erst einmal an die alten Götter, und danach verfluchte er ihre Dorfhexe.

Und der Glutwind heulte durch die Nacht, und am Ghilk wurden die neuen Dünen größer und wanderten dabei langsam nach Westen weiter. Wann würden die Staubmassen die Fiit erreichen und sie stauen oder die letzten Rinnsale unter sich begraben?

Verdammte Shuja, dachte er schon wieder und stand in

der heißen Frühjahrsnacht und blickte zu den unheimlich glitzernden Sternen empor.

Warteten sie wirklich darauf, die Erde als Staub an sich zu reißen?

Und der Glutwind heulte unverändert leise, die Weiten von Kasistan trockneten mehr und mehr aus.

*

Der Wettersatellit 23-3 strahlte seine Daten und Bilder zur Erde, die er in den letzten sechzig Minuten über dem nördlichen Atlantik aufgenommen hatte.

Der Empfänger war die Geophysic Central (GC) in Palmer City.

Satellit 23-3 dachte sich bei seiner Arbeit nichts. Kaum war er sein Wissen losgeworden, als er nach Programm seine Arbeit schon wieder aufnahm und wie ein trockener Schwamm begann, bestimmte Neuigkeiten zu speichern.

Hela Egs, siebenundzwanzig Jahre jung und kastanienbraun, die sich inzwischen ob ihrer Kurven daran gewöhnt hatte, daß Männer ihr begeistert nachblickten, ließ die gerade von 23-3 hereingekommenen Fotos projizieren. Drei Folien voller Daten lagen als Kommentar dazu neben ihr.

Sie beherrschte die Fertigkeit, auf ihrem Stupsnäschen kleine Falten erscheinen zu lassen, wenn ihr etwas mißfiel – und schon auf dem ersten projizierten Satellitenfoto mißfiel ihr alles.

Die Erde spielte im Bereich des Wetters verrückt. Nicht erst seit ein paar Tagen, genaugenommen schon seit dem vergangenen Oktober, und inzwischen schrieb man Mai – Mitte Mai.

Der gesamte Atlantik, vom Nordpol bis zu den Eismassen des Südens, war eine Trockenregion geworden. Das nördliche Asien hatte im letzten Winter weder Schnee noch Kälte erlebt. Sibirische Schneestürme und Tiefsttemperaturen gehörten der Vergangenheit an. Die Kältekammer Himalaya meldete im Januar schmelzende Gletscher. Das hochindustrialisierte Europa – einbegriffen der nordafrikanische Streifen, der Vordere Orient – jammerte unter der monatelangen Dürre. Die Flüsse waren zu Rinnsalen geworden und stanken wie Kloaken. Der Wasserstand der Talsperren war katastrophal niedrig. Noch schlimmer die Grundwasserverhältnisse. Bis zu dreiundzwanzig Meter über normal war das Wasser extrem tief abgesunken, und die gewaltigen Pumpen der großen Brunnen konnten keinen Liter Wasser mehr fördern.

Die Kernkraftwerke drohten – nach völlig anderem Prinzip konstruiert als diejenigen in den Raumschiffen –, bald mit der Energielieferung Schluß machen zu müssen, wenn sie nicht genügend Wasser zur Kühlung erhalten würden. Aus den einst mächtigen Flüssen, an denen die meisten lagen, konnten sie kein Wasser mehr entnehmen, wollten sie die Überhitzung nicht noch höher treiben. Und ohne Atomenergie war der größte Idustrieraum der Erde zum Tode verurteilt.

Hela Egs, Geophysikerin und Meteorologin, betrachtete immer noch das erste Satellitenfoto. Aufschlußreicher als das Bild waren die dazugehörenden Daten.

Sie waren katastrophal!

In den nächsten vierundzwanzig Stunden war aus Richtung Atlantik wiederum kein Tropfen Regen zu erwarten.

In den nächsten vierundzwanzig Stunden würden die Gletscherwände Grönlands und des Polarraumes noch schneller kalben als bisher und damit um einige tausend Kubikkilometer Materie ärmer werden.

Helga Egs drückte den Knopf zur Verständigung und ließ sich mit ihrem Kollegen verbinden, der den südlichen Polraum zu bearbeiten hatte.

»Henn, hast du Regen?« fragte sie kurz und betrachtete über den Bildschirm sein Gesicht.

»Keinen Tropfen, dafür versäuft Süd-, Mittel- und Nordamerika unter den Regenfluten. Aber Eisberge kann ich dir verkaufen, jede Menge und in jeder gewünschten Größenordnung.«

»Die kann ich bei mir gratis haben. Was macht der Mittelatlantik?«

Sie hörte bissiges Lachen und dann die Antwort: »Das

wunderbarste Schönwetter. Vollkommen irrsinnige Windverhältnisse.«

»Wie bei mir im Norden. Die Drift der Eisberge macht es deutlich. Sie verhöhnen die Meeresströmungen und treiben auf die nordamerikanische Küste zu.«

»Solche Unglaubwürdigkeiten und Ungereimtheiten hat man uns nie beigebracht, als wir noch studierten, Hela. Das gleiche Schauspiel beobachte ich an meinen Eisbergen. Wie von einem Magnet angezogen treiben sie auf Feuerlands Küste zu und drohen diesen Schiffsweg zu blockieren.«

Sie warf ihrem ersten Foto einen kurzen Blick zu und fragte dann ihren Kollegen: »Und wie soll das weitergehen, Henn?«

»Na, einmal wird schon Regen kommen.«

»Und wenn er ausbleibt, Henn, was dann?«

Henn lachte trotzig auf.

»Uns beide wird man nicht fragen, Hela. Sich darüber den Kopf zu zerbrechen, dafür sind andere da, die einer viel höheren Gehaltsklasse angehören als wir. Die können ja auch besser und folgerichtiger denken. Zum Beispiel die Eierköpfe um den Sternverwalter Ren Dhark.«

»Hoffentlich schlafen die darüber nicht auch noch ein. Ich muß Schluß machen, Henn, denn in zehn Minuten bekomme ich das Material von 23-6, und der steht über dem Nordpolraum. Und vor seinen Fotos habe ich schon regelrecht Angst.«

»Warum das denn, Hela?« fragte ihr Kollege interessiert.

»Weil der Nordpol von Bild zu Bild immer zerfressener aussieht. Als ob die Motten im Eis wären.«

Da mußte sie sehr lange auf eine Antwort von ihm warten.

»Wie mein Südpol! Du, ist dir die unter ›secret‹ laufende Nachricht bekannt, daß der Wasserspiegel der Weltozeane in den letzten drei Monaten durch tauende Eismassen der Pole um rund siebzig Zentimeter gestiegen ist?«

»Was? Um siebzig Zentimeter?«

»Ja, und nun kommen wir langsam aber sicher in den Sommer. Was der uns bringen kann, wenn das Hitzewetter diesen halbglobalen Umfang behält, können wir beide uns leicht ausmalen. Die Kontinente verdorren, deren Küsten aber werden von ihren Ozeanen überflutet, und die Eismassen der Pole verschwinden.

Fazit, Hela: der Wasserspiegel der Ozeane wird um vierzig . . . soll ich buchstabieren, ja? . . . wird um vierzig Meter steigen.«

»Du bist verrückt!« rief sie ihm impulsiv über die Verständigung zu.

»Leider nicht. Diese Zahlen sind seit hundert und mehr Jahren bekannt, nur hat niemals ein Mensch damit gerechnet, daß die Eismassen der Pole wirklich einmal abschmelzen könnten. Jetzt sind sie ja auf dem besten Weg dazu.«

»Mir ist heiß geworden, Henn, dennoch muß ich Schluß machen. Treffen wir uns nach Feierabend?«

Er schmunzelte. »Wenn du Zeit für mich hast, Baby.«

»Für dich leider immer, du Stromer . . . Ende.«

Sie schaltete ab und nahm die Auswertung der Satellitenfotos vor.

*

Paul Larousse, Ingenieur der EFCC, schreckte aus seinem Dösen auf.

Alarm im Kontrollsaal!

Flackernde Rotlichter auf der Kontrolltafel. Flackernde Rotlichter an der mehr als achtzig Meter langen Instrumentenwand. Und dazu der Gesang der miserabel gestimmten Sirenen.

Alarm im Pumpensektor!

Die Pumpen drehten schon um zwanzig Prozent über die erlaubte Tourenzahl!

Schlagartig.

Larousse schlug mit der Faust auf die Stopptaste, und im gleichen Moment wurde kein Tropfen Wasser mehr aus den felsigen Tiefen des französischen Juras gefördert. Der gesamte Wasserversorgungs-Bereich Süd bis hinunter nach Marseille mußte jetzt mit seinen kleinen Reserven auskommen.

Großer Himmel, dachte Paul Larousse entsetzt, was kann denn bloß geschehen sein?

Eine halbe Stunde später wußte er es.

Abruptes Absinken des Grundwasserspiegels um mehr als vier Meter. Die Folge: Versiegen der drei größten unterirdischen Wasseradern. Ursache: Bodenbruch im Bett des Hauptsees Eau-V.

Und das alles zur gleichen Zeit?

Keine Sabotage. Nirgendwo ein Hinweis, daß durch menschliche Eingriffe diese Katastrophe ausgelöst worden war. Die unterirdischen Wasseradern mußten sich gleichzeitig mit Bruch des Seeuntergrundes neue Wege gesucht haben.

Aber die Seismographen hatten nicht die kleinste Erschütterung registriert.

Die Katastrophe in einem der größten französischen Wasserwerke weitete sich binnen vier Stunden noch weiter aus.

Von 134 Pumpengruppen arbeiteten danach nur noch drei. Und sie, die am tiefsten in die Felshohlräume reichten, konnten vielleicht bis zum neuen Tag noch fördern, dann mußten auch sie abgeschaltet werden, weil der Wassernachschub fehlte.

Paris und Alamo Gordo mußten informiert werden. Alamo Gordo nahm es zur Kenntnis. Mehr nicht. In Paris geriet nun Larousse an einen Mann, der große Töne spuckte, aber nicht in der Lage war, die Gefährlichkeit der Situation zu übersehen.

»Fahren Sie Ihre Pumpen tiefer, wenn der Grundwasserspiegel so plötzlich abgesunken ist! Warum rufen Sie die Schaltstelle wegen dieser Lappalie an? Andere Wasserwerke sind mit ähnlichen Problemen spielend leicht fertig geworden. Aber vergessen Sie nicht, daß Marseille morgen punkt zehn Uhr wieder mit Wasser versorgt werden muß!«

Irgendwer in der EFCC sagte lapidar: »Quatschkopf!« Und niemand widersprach.

Man war ratlos.

Da meldete sich EFCC-a, ein kleines Nebenwerk, hundertachtundsiebzig Kilometer entfernt, in der Nähe der Schweizer Grenze.

»Messieurs, wir müssen räumen, wenn der Anstieg des

Wassers weiterhin so anhält wie seit sieben Stunden. Unsere Pumpen und Becken sind nicht mehr in der Lage, das hereinkommende Wasser hochzubringen, beziehungsweise zu speichern. Wir drohen zu ertrinken.«

Einer der beratenden Ingenieure lachte schallend auf und trommelte mit beiden Fäusten auf den Tisch. »Wir haben keinen Tropfen mehr zu verkaufen, und die EFCC-a versaufen! Kann es noch verrückter werden?«

Die erste Kolonne aus der Tiefe ihres Werkes meldete sich über Vipho.

»Befinden uns in Hauptader III und sind rund vier Kilometer vom See entfernt. Mit unserem Seismo messen wir eine unmerkliche, kontinuierliche Verschiebung der Gesteinsschichten, die schon vor Jahren begonnen haben muß. Auf eine Strecke von etwa zweihundert Meter fällt ununterbrochen Gestein von der Decke. Weiter voraus ist die Hautpader geschlossen. Es gibt nicht einmal mehr ein Rinnsal unter unseren Füßen. Wir müssen umkehren.«

Dieser Hiobsnachricht folgten andere, und dann stand fest, daß es das Wasserwerk EFCC im französischen Jura nicht mehr gab, sondern nur noch einen Haufen Schrott, der aus gebrauchten Pumpengruppen, Leitungen und anderen Installationen bestand.

In der Schaltstelle Paris – zuständig für Gesamt-Europa – wurde ein Mann, der Stunden zuvor große Töne hatte spucken können, klein und häßlich. Er wußte nicht, wie er sich herausreden sollte. Und andere in Paris und im Wasserversorgungsbereich Süd konnten keine Antwort auf die Frage finden, wie man binnen weniger Stunden dieses Gebiet an andere Anlagen anschließen konnte. Zum erstenmal stellte sich heraus, daß wohl ein kontinentalweites Verbundsystem Europa mit Energie und Rohöl versorgte, daß es dieses Verbundsystem im Bereich des Wassers aber nicht gab.

Die Sicherheitsstreitkräfte wurden in Alarmzustand versetzt und mit den modernsten Wasseraufbereitungsanlagen nach Raum Süd in Marsch gesetzt, die Meerwasser entsalzen und trinkbar machen konnten.

Prompt meuterte die Belegschaft der beiden Euro-

Kernenergiewerke, die die Order erhalten hatte, alle Aufbereitungsanlagen mit Strom zu versorgen.

»Wie sollen wir dann unseren Verpflichtungen der Industrie gegenüber nachkommen?« wurde Paris gefragt.

Dort war man inzwischen schon stur geworden.

»Bon! Wenn Sie dazu nicht in der Lage sind, dann ist eben nichts zu machen. Aber wundern Sie sich nicht, wenn Sie morgen Ihren Wasserhahn aufdrehen und Sie vergeblich auf Wasser warten.«

»Aber die Sicherheitsstreitkräfte haben doch eigene Aggregate.«

»Oui! Für den Katastrophenfall! Doch hier sind wir noch weit davon entfernt, denn wir können auf Anlagen aus den zivilen Bereich zurückgreifen, und dazu gehören auch die Euro-Kernkraftwerke, Monsieur directeur.«

Der Wassernotstand für den Großraum Süd konnte vierundzwanzig Stunden später als beseitigt angesehen werden, doch damit war das Rätsel, wieso das W-Werk EFCC hatte ausfallen können, nicht gelöst.

Ingenieur Paul Larousse ging diese Tatsache nicht aus dem Kopf, und er suchte den Gruppenleiter auf, der das Bett des unterirdischen Stausees untersucht hatte.

Der wollte zunächst mit der Sprache nicht heraus. Es dauerte seine Zeit, bis Larousse sein Vertrauen gewonnen hatte.

»Monsieur, bei uns ist unglaublich geschlampt worden. Wenn das herauskommt, rollen ein paar Köpfe. Man hat sich voll und ganz auf die Seismographen verlassen, obwohl man wußte, daß Verschiebungen von Gesteinsschichten nicht immer mit Beben verbunden sein müssen. Unsere gigantischen Pumpenaggregate sorgten ja für so kräftige Erschütterungen, daß schwache Erdstöße nicht bemerkt werden konnten.

Monsieur, ich will Ihnen eins sagen: der Boden unseres Hauptsees ist nicht aufgerissen, und durch den Riß sind die Wassermassen nicht abgeflossen. Der Boden des Hauptsees hat sich im Laufe der letzten Jahrzehnte gehoben, und er faßte zum Schluß nicht mehr als ein Elftel der früheren Wassermenge. Als dann plötzlich die Hauptwasseradern versiegten oder sich andere Wege gesucht hatten, war der

Stausee binnen Stunden leergepumpt, und wir standen vor der Katastrophe.«

»Und niemand hatte eine Ahnung davon? Aber der Boden *muß* doch beben, wenn Gesteinsschichten sich verschieben«, behauptete Paul Larousse, der, wenn auch kein Geologe, doch während des Studiums einiges darüber gehört hatte.

Der Mann drehte sich um, riß eine Lade auf und schob Larousse eine dicke Rolle zu. »Das sind Seismo-Kontrollaufzeichnungen vom Ende vorvorigen Jahres. Suchen Sie darauf ein einziges schwaches Beben festzustellen. Sie finden nur die Erschütterungen durch unsere Pumpenaggregate darauf festgehalten. Immer noch nicht zufrieden, Monsieur?«

Larousse machte aus seiner Meinung keinen Hehl.

»Nein. Kann nicht eine kontinentale Verschiebung des Grundwasserspiegels die Generalursache sein?«

»Im Felsgestein, wo das Wasser seit Jahrtausenden immer den gleichen Weg geflossen ist? Aus Gletschern und Schneehalden Nachschub erhält? Hm, ich weiß das nicht. Aber was wird aus uns? Wer in Europa braucht bei dieser Trockenheit einen Wasserspezialisten?«

Paul Larousse hatte einen hellen, prophetischen Blick. »Vielleicht versucht man uns Wasserspezialisten in naher Zukunft mit goldenen Versprechungen zu binden.«

»Na«, sagte der Techniker und schüttelte den Kopf. »Ihr Wort in Gottes Ohr, aber daran glaube ich bei der Dürre nicht. Verdammt noch mal, wie sieht eigentlich Regen aus?«

*

Der breitschultrige Mann mit den weißblonden Haaren, die ihn so jugendlich erscheinen ließen, stand vor seinem Schreibtisch und blickte durch das Panoramafenster an den nächsten Stiel- und Turmbauten vorbei in den Regen hinein.

Regen über Alamo Gordo!

Das Basin, in dem die Hauptstadt Terras lag, drohte unter den sintflutartigen Regenmassen zu einem gigantischen Binnensee zu werden. Seit Monaten regnete es fast ununterbrochen.

Das Wetter spielte verrückt, aber nicht nur in diesem Teil Nordamerikas, sondern fast auf der gesamten Welt. Nur Australien und der südlichste Teil Afrikas meldeten einigermaßen normale Wetterverhältnisse.

Regen . . . Wolkenbruchartige Regenfälle! Aber dieses Ungemach kam ja nicht allein. Die Nord- und Südflanken des Doppelkontinentes wurden von einer bisher noch nie erlebten Eisberg-Invasion bedroht. Und diese Kältegiganten so dicht vor den Küsten hatten einen verheerenden Temperatursturz ausgelöst, der inzwischen dabei war, sich sogar der kontinentalen Klimazonen zu bemächtigen.

Zum Ende des Frühlings hin herrschten in weiten Gebieten nachwinterliche Temperaturen, und in Höhen über achthundert Meter lag der Schnee vom letzten Winter immer noch. Neuer kam hinzu. Dort regnete es nicht. Dort schneite es ununterbrochen.

Das Wetter auf Terra spielte verrückt!

Eurasien und der größte Teil Afrikas verdurstete buchstäblich, weil es dort immer weniger Wasser gab. Der Doppelkontinent aber ertrank in sintflutartigen Regenmengen, die längst nicht mehr mit technischen Mitteln gebändigt werden konnten. Der Kältering aus Eisbergen vor den Küsten machte den Einsatz von Kältebomben, die bisher noch immer blitzschnell mit jeder Überschwemmungsflut fertiggeworden waren, unmöglich, wollte man nicht Gefahr laufen, alles Land unter einer tödlichen Eisschicht zu begraben.

Ren Dhark, der breitschultrige Mann mit den weißblonden Haaren, drehte die beiden Folien unschlüssig hin und her. Den Bericht der Geophysical Central aus Palmer City ging ihm nicht aus dem Kopf. Die katastrophalen Wettervorhersagen lasteten wie Zentnergewichte auf seinen Schultern. Obwohl als Sternverwalter der mächtigste Mann Terras und der Föderation, die aus einigen hundert besiedelten Planeten bestand, kam er sich gegenüber dieser weltweiten Katastrophe klein und hilflos vor: der amerikanische Doppelkontinent ertrank unter seinen Hochwasserfluten und Sintflutregen; Eurasien und

Afrika – von Japan, den Philippinen und Australien abgesehen – verdursteten. Hier eine Kälte, die mörderisch zu werden begann, dort Hitze, die die letzten winzigen Wasserreservoirs gnadenlos verschwinden ließ.

Waren in Japan die meteorologischen Verhältnisse noch einigermaßen normal, so traf es schon nicht mehr für China zu. Dort war aus dem mächtigen Huang-ho ein Bach geworden und die ehemals kaiserlichen Teiche in Peking zu stinkenden Morastlöchern, in denen Milliarden von Stechfliegen brüteten.

Tropenkrankheiten, die man seit hundert oder mehr Jahren auf Terra nicht mehr kannte, brachen hier und da und dort aus, flammten zu Epidemien auf und stellten die Medizin vor Probleme, die sie auf Anhieb nicht meistern konnte.

Krankheiten, die in Feuchtigkeit und Kälte gediehen, fielen über die Menschen des Doppelkontinentes Amerika her. Bevor die mächtige pharmazeutische Industrie sich versah, waren ihre gewaltigen Vorräte an Medikamenten aufgebraucht, und sie konnte mit ihrem Nachschub kaum die medizinische Versorgung aufrechterhalten. Zähneknirschend hatte sie zugeben müssen, auf diesen Fall nicht vorbereitet gewesen zu sein, und die Umstellung würde wenigstens ein halbes Jahr dauern, bis auch die letzte Apotheke wieder ausreichend versorgt werden könnte.

In der Chemiestadt Pirin gelang es den Sicherheitsstreitkräften erst im letzten Moment, das Millionenheer erboster Menschen daran zu hindern, die großen Werke dem Erdboden gleichzumachen. Die Börse hatte auf diese Ausschreitungen sehr empfindlich reagiert, und die Aktien der Pharma-Industrie waren fast um die Hälfte gefallen.

»Aktien?!« Ren Dhark zuckte mit den Schultern. In dieser Lage, in der Terra sich befand, war sie das Unnützeste, was die Erde besaß. Er warf wieder einen Blick auf die beiden Folien und las den Text noch einmal durch. Ab und zu nickte er, hin und wieder schüttelte er den Kopf, und dann machte tiefes Seufzen den Schlußstrich darunter.

Auch die Geophysical Central (GC) in Palmer City war

nicht in der Lage, einen Vorschlag zu unterbreiten, wie man der Katastrophe auf der Erde Herr werden konnte. Sie hatte von allen Möglichkeiten Gebrauch gemacht und die besten Wissenschaftler und Techniker zu Rate gezogen, um zum Schluß des Berichtes zuzugeben, nur lokal helfen zu können, jedoch nicht global.

Unmißverständlich deutlich war da zu lesen:

Auch der Einsatz aller vorhandenen Tankraumer und Tankschiffe bringt Eurasien und Afrika keine spürbare Hilfe, denn es ist einfach unmöglich, genügend Süßwasser von einem Kontinent zum anderen zu bringen. Erst nach Einsetzen der Trockenheit wurden zum erstenmal die Kubikkilometer-Werte bekannt, die Eurasien allein jeden Tag an Süßwasser benötigt. Selbst wenn alle vorhandenen Raumschiffe als Hilfstanker umgerüstet werden würden, könnte der Süßwasserbedarf nur zu einem Drittel befriedigt werden. Afrikas Versorgung ist bei dieser Aufstellung unberücksichtigt geblieben

Ren Dhark legte die beiden Folien auf den Schreibtisch, drückte den Knopf am Vipho und sagte in Richtung des Sicht-Sprechgeräts: »Mr. Riker soll mal kommen!«

Wenig später trat sein bester Freund und Stellvertreter ein. Dan Riker war nicht nur etwas kleiner als Ren Dhark, er war auch schmaler als der andere. Über blauen Augen standen buschige Brauen. Der Mund war ein wenig zu breit geraten und die Nase etwas zu klein. Dafür sprang sein Kinn ungewöhnlich weit vor. Erregte Dan Riker sich stark, zeigte sein Kinn manchmal einen punktförmigen roten Fleck.

Er war mit Ren Dhark durch dick und dünn gegangen und hatte mit ihm, nachdem sie sich mit dem Auswandererschiff GALAXIS im Sternendschungel verirrt hatten, nach der verlorengegangenen Erde gesucht und sie, wiedergefunden, in atemberaubenden Kämpfen von den rätselhaften Giants befreit. Manchmal, wenn er an jene turbulente Zeit zurückdachte, die sie bis ans Ende der Milchstraße geführt hatte, fiel es ihm schwer sich klarzumachen, daß alles erst ein paar Jahre zurücklag.

Seitdem war das große Abenteuer zu Ende. Ren Dhark war auf zehn Jahre zum Sternverwalter der Föderation gewählt worden, und er – Dan Riker – durfte ebensolange sein Stellvertreter sein.

Die Menschen der Föderation hatten sie zu Beamten auf Zeit gemacht.

Dieser Job rangierte sofort hinter dem eines Heizers in der Hölle. Nur ließ die Verantwortung nicht zu, daß sie ausbrachen, den ganzen Krempel hinwarfen, um mit ihrem Ringraumer POINT OF zwischen den Sternen zu verschwinden.

Er hatte den Bericht der GC aus Palmer City zu lesen. Dann spielte er mit den Folien und sah Ren Dhark nachdenklich an.

»Unsere Eierköpfe in der Geophysical Central haben eine Kleinigkeit übersehen, Ren«, sagte er ruhig. »Wir könnten, wenn wir wollten, Bram Pradal, unseren lieben talminischen Hauptgesandten, bitten, uns mit der Tankerflotte seines Imperiums zu helfen.«

Pradal, Dan Rikers Duzfreund, war ein Humanoide aus dem Talmin-Imperium und innerhalb der terranischen Föderation der mächtigste Vertreter seines Volkes. Er gehörte zu den wenigen Talminern, die den Titel Bram führen durften.

Ren Dhark, der Bram Pradal gegenüber immer ein wenig Distanz gewahrt hatte, war ihm menschlich erst nähergekommen, als es galt, das Rätsel der *Sternen-Saga*)* zu lösen. Überrascht blickte er Dan an. »Daran habe ich nicht gedacht. Gut, Dan, frag Bram Pradal.«

Riker versuchte über Vipho mit dem Hauptgesandten des Talmin-Imperiums Verbindung zu bekommen. Als der dritte Durchruf ohne Echo blieb, rief er ihn über die Privatphase an und erreichte ihn sofort. Auf dem kleinen Bildschirm war der Talminer gut zu erkennen. Er hörte zu, was Dan Riker ihm zu sagen hatte. Dann schüttelte er seinen Kopf. Riker schwieg und wartete auf die Antwort.

Pradal übernahm sofort das Gespräch. »Meinen letzten Informationen zufolge hat ein Drittel unserer Flotte die

---

*) siehe Kelter-Taschenbuch Nr. 1 Kurt Brand: STERNEN-SAGA

eigene Sternballung in Richtung auf den offen Haufen PH-34 52 abgesichert. Über den Grund dieser Aktion kann ich nicht viel sagen. Der Rest der Talmin-Flotte steht in Bereitschaft. Ein Teil der zivilen Raumfahrt befindet sich in Alarmzustand. Zu allem kann ich bloß sagen, daß im Bereich meines Imperiums kein Krieg zu erwarten ist. Alle Vorsichtsmaßnahmen betreffen rätselhafte physikalische Vorgänge. Man vermutet, daß es eine Intelligenz gibt, die mit Sternen spielen kann.«

Damit hatte Bram Pradal schon sehr viel angedeutet, aber auch deutlich zu verstehen gegeben, daß sein Imperium der bedrohten Erde nicht helfen konnte.

Riker hatte das Vipho ausgeschaltet. Neben Ren stand er am Panoramafenster. Aus tausendneunhundert Metern Höhe blickten sie auf einige wenige Stielbauten, die aus regenträchtigen, dichten Wolken herausragten. Vom gewaltigen Häusermeer der Welthauptstadt Alamo Gordo war nichts zu sehen. Alles lag unter einer Wolkendecke, aus der es ununterbrochen sintflutartig regnete.

»Was nun, Ren?« fragte Riker ein wenig verzweifelt. »Wir müssen doch helfen.«

»Wie denn, Dan? Auf der Erde scheint es nur noch zwei Windrichtungen zu geben: aus der einen kommen ununterbrochen Regen und diese Armada Eisberge; aus der anderen Richtung das grausame Heißwetter. Dan«, in seinen Augen blitzte es, »wir sind ja nicht einmal in der Lage, die Eisberge von unseren Küsten fernzuhalten. Als ob die verschiedensten Meeresströmungen nicht mehr existieren würden. Und warum sind die Eisberge bis zu zehnmal größer als früher?«

Der Wetterhaushalt der Erde war seit Monaten total durcheinandergeraten.

Der Doppelkontinent ertrank und drohte durch die antreibenden Eisberge zur kontinentalen Tiefkühtruhe zu werden, während Eurasien und Afrika unter dem Gluthauch der Sonne und dem gnadenlos heißen Dauerwind zu verbrennen schien.

Vor ihren Blicken riß eine dunkelgraue Wolkendecke auf, doch nur sekundenlang konnten sie einen winzigen Teil von Alamo Gordo sehen, dann hatte das Loch sich wieder geschlossen, und der Alltag schaute grau in grau wieder zu ihnen herein.

»Dan, ich denke an Eurasien. Wenn wir auf dieses Industriepotential verzichten müssen, fällt der föderative Wirtschaftsplan zusammen. Was das für eine Reihe von besiedelten Planeten bedeutet, liegt auf der Hand.« Abrupt drehte er sich um und ging auf seinen Schreibtisch zu.

»Was hast du vor?« fragte Dan seinen Freund, der keine Ahnung hatte, was Dhark plante.

»Die GC in Parlmer City anrufen! Sie soll sich . . . Nein, sie *muß* sich mit der EURO-Sternverwaltung in Paris zusammensetzen und eine Möglichkeit finden, der Dürre beizukommen.«

»Ohne Afrika, Ren?«

»Natürlich nicht, Dan. Warum verziehst du dein Gesicht? Was paßt dir an meinem Vorschlag nicht?«

Riker winkte ab. »Dein Vorschlag ist nicht schlecht, aber auch nicht gut. Glaubst du wirklich, Eurasien und Afrika durch Verhandlungen unter einen Hut bringen zu können? Dank unserer schönen Föderation auf Terra, der ich besonders in solchen Katastrophenfällen von Herzen das Lebenslicht ausblasen möchte . . .«

»Sie besteht aber nun einmal, Dan, und wir haben mit ihr zu leben. Eurasien und Afrika müssen sich einig werden, sonst verdursten beide Kontinente, wenn es dort nicht heute oder morgen zu regnen beginnt. Vergiß nie, daß Terra erst durch den föderativen Zusammenhalt zu seiner wirklich Stärke damals wieder zurückfand.«

Jetzt winkte Dan Riker hastig ab. An jene turbulenten Zeiten, in denen es auf der Erde mal wieder drüber und drunter gehen wollte, mochte er nicht erinnert werden. Ahnungslos waren sie damals, kaum daß sie das Rätsel der Mysterious gelöst hatten, mit dem Ringraumer nach Terra zurückgekommen, als sie von einem brodelnden politischen Hexenkessel empfangen wurden. Selbst Dan schien es heute noch immer als ein Wunder, daß es Dhark gelungen war, das Feuer unter diesem brodelnden Hexenkessel wild aufflammender Emotionen herauszureißen.

Als Preis dafür hatte er diesem terranischen Staatenbund sein Plazet geben müssen.

In normalen Zeiten gab es zwischen den einzelnen Interessengebieten kaum schwerwiegende Streitereien, aber diese normalen Zeiten waren vorbei. Terra befand sich in einer lebensgefährlichen Krise.

Die Verbindung mit der Geophysical Central kam sofort zustande. Alec van Allen, Chef der GC, hörte aufmerksam zu. Er nickte, als Ren Dhark seine Bedenken vorbrachte und sehr deutlich auf den Egoismus der einzelnen Interessenbereiche hinwies. »Aber wir müssen zu einem guten Resultat kommen, van Allen. Eurasien und Afrika müssen sich einigen und gemeinsam versuchen, der Dürrekatastrophe und dem Wassermangel zu begegnen. Setzen Sie sich sofort mit der EURO-Sternverwaltung in Paris in Verbindung! Sie persönlich verfügen über die Machtmittel, die erforderlich sind, die Staaten – wenn nötig – unter Druck zu einer Einheit zu verschmelzen.«

Begeistert war Alec van Allen von der Machtfülle, die er plötzlich in den Händen hielt, keineswegs.

»Sir, ich danke Ihnen für das Vertrauen, das Sie mir schenken. Hoffentlich brauche ich nur Zuckerbrot auszustreuen und nicht die Peitsche zu benutzen.«

Das Gespräch mit der GC in Palmer City war zu Ende. Der Bildschirm wurde dunkel. Ren Dhark drehte sich wieder nach Dan um, der immer noch am Panoramafenster stand. Und Riker prophezeite: »Van Allen wird mit Zuckerbrot nichts erreichen und mit der Peitsche herzlich wenig.«

Der gleichen Ansicht war auch der Sternverwalter Ren Dhark.

*

Die Geophysikerin und Meteorologin Hela Egs hatte ziemlich schnell ihre Verwunderung wieder vergessen, als sie erfuhr, daß der Chef ausgerechnet sie als seine rechte Hand mit zu den Verhandlungen nach Paris nehmen wollte. In der Interkont war sie von van Allen mit weniger als hundert Sätzen auf ihre Aufgabe eingewiesen worden.

»Hela, was ich benötige, sind hieb- und stichfeste Zahlenunterlagen. Ich befürchte, daß ich sie benötigen werde.

Schaffen Sie heran, was heranzubringen ist! Kosten spielen keine Rolle. Ich lasse Ihnen vollkommen freie Hand. Kommen Sie mir nicht mit Fragen, ob Sie jenes dürfen oder nicht. Das haben Sie selbst zu entscheiden. Sind wir uns klar?«

Sie nickte und hatte in ihrem ganzen Leben noch nie so unverschämt gelogen wie in diesem Augenblick, weil sie sich überhaupt kein Bild davon machen konnte, was der Chef nun wirklich von ihr erwartete. Aber dann war sie wiederum zu stolz, sich als Lügnerin vor ihm bloßzustellen, und »mit geschlossenen Augen« sprang sie blindlings mitten in ihre Aufgabe hinein.

Zwei Tage später tagte die Konferenz der eurasisch-afrikanischen Länder unter Vorsitz der neutralen Geophysic Central. Überraschend leidenschaftlich war allein schon der Start der Tagung. Die Afrikaner traten mit einem Hochmut auf, der das Schlimmste befürchten ließ.

Hela Egs fühlte immer deutlicher, wie sich von Stunde zu Stunde immer mehr Sprengstoff ansammelte, aber zur Explosion kam es erst, als Sir Harold Bunning, Speaker der reichen Euros, sprach.

Großer Himmel, dachte Hela Egs entsetzt, nachdem sie ihm ein paar Minuten zugehört hatte, wie konnten die Euros es zulassen, daß dieser Mann sich mit den mißtrauischen Afrikanern anlegte.

Ununterbrochen sprach Sir Harold Bunning von den afrikanischen Wasservorräten und daß sie von diesem Wasser viel, sogar sehr viel an Europa abzugeben hätten.

»Die Vorbereitungen, die unterirdischen Süßwasserseen im Saharabereich anzuzapfen und das Steinzeitwasser mittels Pipelines durch das Mittelmeer nach Europa zu pumpen, sind so gut wie abgeschlossen. Des weiteren alle technischen Vorarbeiten, die unterirdisch in das Mittelmeer mündenden Flüsse weit vor ihrer Mündung durch Rohrleitungen nach Europa zu befördern.

Aber wir haben nicht nur diese beiden Großobjekte an die erste Stelle gesetzt, sondern zugleich drei weitere Projekte technisch so weit vorbereitet, daß mit der Ausführung der Pläne in spätestens einer Woche begonnen wird.

Es handelt sich um die Wasser der türkischen Buyüm-Senke, die . . .«

Der erste Anruf kam vom Vertreter des Saharabereiches.

»Sir Bunning, Ihre Aufzählung können Sie sich ersparen. Afrika und Asien benötigen Wasser selbst. Wir denken nicht daran, einen Tropfen an Europa abzugeben. Warum setzen Sie denn nicht Ihr großartiges technisches Können ein, mit dem Sie uns Nigger seit mehr als hundert Jahren beeindrucken wollen? Machen Sie doch aus Meerwasser Trinkwasser! Warum tun Sie es denn nicht? Es geht doch. Solche Aufbereitungsmaschinen gibt es seit über einem Jahrhundert.«

Der Ausdruck Nigger war der Zündfunke. Nago Kumbu, der die Saharastaaten vertrat, hatte ihn mit Absicht benutzt. Die Wirkung, die er sich von dieser Benutzung versprochen hatte, zeigte sich sofort, als Sir Harold Bunning unüberlegt sagte: »Auch Afrika hat sich der lebensnotwendigen Forderung Europas zu beugen, denn es geht um aber Millionen Menschen, die . . .«

Unbeschreiblicher Tumult unter den Afrikanern brandete dem Speaker für Europa entgegen. Die Vertreter von Afrika und einige Asiens schrien: »Erpressung! Nötigung! Europäischer Hochmut!« Auch weniger feine Formulierungen wurden benutzt. Sir Harold Bunnings zweimaliger Versuch, seinen Vortrag zu Ende zu führen, scheiterte am Toben der Afrikaner und Asiaten, die sich inzwischen alle diesem Tohuwabohu angeschlossen hatten.

Alex van Allen, Chef der GC, wurde als neutrale Person auch vom fanatischsten Afrikaner respektiert. Er hatte Sir Bunning das Wort entzogen und war selbst ans Rednerpult getreten.

Hela Egs hatte in diesem Augenblick den Auftritt ihres Lebens. Mit ihrem Klein-Computer in der Tasche, der einige hunderttausend Daten abrufbereit hielt, die alle irgendwie vom Wasser handelten oder damit zu tun hatten, nahm sie rechts vom Rednerpult Platz und stellte das Rechengehirn betriebsklar vor sich hin. Sie wunderte sich, nicht einmal Lampenfieber zu verspüren.

Sie wußte, daß sie in jedem Fall van Allen mit Daten versorgen würde, gleich, wonach er verlangte.

Und sie hatte ihm Daten zu liefern. Mehrmals ahnte sie, welche Angaben er wenig später verlangen würde und verblüffte ihn damit. Nur konnte er es sich nicht anmerken lassen, denn die Afrikaner und Asiaten machten ihm die Hölle heiß.

Sie weigerten sich, einen einzigen Tropfen Wasser nach Europa zu liefern. Vergeblich hielt van Allen ihnen vor, daß der Wasservorrat der unterirdischen Sahara-Seen für mehr als fünfundvierzig Jahre reichen würde, wenn das nördliche Afrika und Europa bis zum Ural mit Wasser wie in normalen Zeiten versorgt werden würde.

»Ladys und Gentlemen!« rief ihnen van Allen zu. »Fünfundvierzig Jahre lang brauchte vom Ural bis fast zum Äquator kein Mensch zu dürsten. Der Sternverwalter Dhark hat mich bevollmächtigt . . .«

Er brauchte nicht mehr zu sagen, über welche Vollmachten er verfügte. Geschlossen verließen die Afrikaner und Asiaten die Konferenz, nur die Chinesen waren geblieben.

Eine der wichtigsten Zusammenkünfte, die es jemals auf Terra gegeben hatte, war schon am ersten Verhandlungstag geplatzt.

Die Vertreter Europas zogen sich zu einer internen Beratung zurück.

»Wie seinerzeit die Araber mit dem Erdöl, wollen uns nun die Afrikaner mit dem Wasser zur Ader lassen«, sagte der Vertreter Old Englands und erinnerte sich, was rund ein Jahrhundert vorher passiert war.

Der Franzose wollte von diesen alten Geschichten nichts hören. Ihm brannte die Gegenwart auf den Fingernägeln. »Selbst wenn wir uns überschlagen und ab sofort einen Teil der Industrie nur auf den Bau von Entsalzungsanlagen umstellen, verlieren wir den Wettlauf gegen den Durst. Oder der Himmel hätte endlich ein Einsehen und ließe es vier Wochen lang ununterbrochen über Gesamt-Europa regnen.«

Der Schweizer Ricc wollte den Himmel aus dem Spiel lassen. »Weil die Langzeit-Wettervorhersage nicht auf

Regen hoffen läßt, haben wir alle Seen auf der Alpensüdseite vor einer Woche schon . . .«

». . . und den Oberrhein gesperrt!« fiel ihm der Deutsche bissig ins Wort. »Dabei haben wir . . .«

Tjorne, der Däne, schlug auf den Tisch, daß es krachte. »Gentlemen, wir planen eine Gemeinschaftsarbeit und keine gegenseitige Beschimpfungsaktion. Föderative Interessen haben in dieser Stunde keine Daseinsberechtigung mehr. Wir alle sind vom Dursttod bedroht. Er wird bald kein Mitleid mit Frauen und Kindern haben. Wir können in diesem ausweglosen Stadium nur noch hoffen, daß es dem Sternverwalter Ren Dhark gelingt, so oder so die Afrikaner dazu zu bringen, uns Trinkwasser zu liefern.«

Der Franzose lachte grimmig. »Sie Optimist. Ren Dhark kann auch nicht zaubern, sonst würde er längst Nord- und Südamerika von der Sintflut und Eisbergplage befreit haben. Und was glauben Sie, wie es der großen Föderation ergeht, wenn die rund dreißig Planeten zu meutern beginnen, die ausschließlich von Afrikanern bewohnt sind? Der Sternverwalter kann gar nicht eingreifen. Er muß neutral bleiben, wie Alec van Allen, wie die EURO-Sternverwaltung hier in Paris.«

»Er muß sterben, ansonsten muß Ren Dhark gar nichts! Verdammt noch mal!« fluchte der Sohn Albions, der seine Ruhe verloren hatte. »Zur Hölle, da haben wir die unvorstellbar größten Wasserreserven vor der Nase liegen, und die Afrikaner weigern sich, uns auch nur einen Tropfen zu liefern.«

»Wir sollten mit aller Energie Tiefenbohrungen durchführen«, schlug der Norweger vor, »um an das in Europa abgerutschte Grundwasser zu kommen. Es ist doch unvorstellbar, daß unser gesamter Kontinent bis auf ein paar hundert Meter Tiefe ausgetrocknet ist. So schnell verschwindet Grundwasser nun doch nicht.«

Eine Hiobsnachricht machte ihnen die bedrohliche Wasser-Situation in Europa noch deutlicher: Das Wasser aller europäischen Flüsse war so giftig geworden, daß es nicht mehr aufbereitet werden konnte. Einzige Ausnahme die Wolga – noch. Bodensee, Neusiedlersee und Balaton total verseucht. Die Seen der Alpensüdseite in größter Gefahr. Das Massensterben der Fische ein eindeutiges Zeichen. Finnland, Land der tausend Seen, lag trocken. Die Gletscher Europas auf ein Dreißigstel ihrer Normalausdehnung abgeschmolzen. Mehr als fünfzig Prozent der Bergflüsse schon versiegt.

Und immer noch keine Wetteränderung.

Aber noch schlimmer war das unaufhaltsame Absinken des Grundwasserspiegels.

Überall!

Rußland, mit drei Vertretern anwesend, legte dar, daß von den sibirischen Flüssen her keine Hilfe zu erwarten sei. Satellitenaufnahmen bewiesen, daß diese Ströme erschreckend klein geworden waren.

Von den kärglichen Vorräten in den Talsperren ganz zu schweigen.

Wie konnte das passieren? Wie war so etwas möglich?

Unbeantwortet standen diese Fragen im Raum.

Wie konnte sich die Wetterlage auf dieser Seite der Erdkugel so anhaltend verändern? Und warum kam kein Regen mehr?

Warum fanden die Meteorologen auf diese Frage keine Antwort?

Man war sich über eins klar: daß in spätestens vierzehn Tagen der Zusammenbruch begann, wenn Menschen, rasend vor Durst, auf die Straße gingen und sich der Leitungen bemächtigen, die das lebensspendende Naß in ihre Städte brachten.

Nur zu wenig für alle.

Wer konnte die Massen dann davon abhalten?

Wasser war auf einem bestimmten Teil der Erde zum kostbarsten Naß der Welt geworden.

Aber noch resignierte man nicht. Man vertraute der Technik, den Atomkraftwerken. In den TV-Nachrichten wurde den durstigen Menschen eingehämmert, daß in wenigen Tagen die größte Gefahr beseitigt sei und ausreichend Wasser wieder vorhanden wäre.

Jedes Wort war eine Lüge.

Europa und Asien und ein kleiner Teil des Orients drohte zu verdursten.

»Aber wir können doch alles«, sagte der kleine Mann auf der Straße. »Wir fliegen zu den Sternen. Wir haben uns bis auf anderthalbtausend Kilometer dem Erdmittelpunkt genähert. Wir beherrschen die Atomkraft wie noch nie zuvor. Warum kann man nur kein Wasser machen? Die Meere sind doch noch voll. Ja, sie steigen, weil die Eismassen der Pole rasend schnell abschmelzen. Warum treibt man die vielen Eisberge, die doch aus Süßwasser bestehen, nicht auf unsere Küsten zu?«

Man hatte es versucht.

Und längst wieder aufgegeben, weil der Arbeitsaufwand in keinem Verhältnis zum Wasserertrag stand. Nur war davon nichts an die Öffentlichkeit gedrungen.

Die Ratlosigkeit auf der Konferenz breitete sich immer weiter aus.

Wasser!

Trinkwasser!

Süßwasser!

Blieb der einzige Ausweg ein militärisches Eingreifen im Gebiet der Sahara, wo sich unter den Sandwüsten unvorstellbar große Wasserreservoire befanden, die nur angezapft zu werden brauchten.

Krieg um Wasser?

Und über Europa brannte vom wolkenlosen Himmel die Sonne, und die Rinnsale stanken, die letzten Seen-Tümpel trockneten mehr und mehr aus.

In Asien, bis nach China hin, sah es nicht anders aus. Selbst die Bergriesen des Himalaya verloren ihre Eisflanken und ihre im Sonnenlicht grell aufleuchtenden Gletscher. Aber das Schmelzwasser kam nicht einmal mehr bis zu Tal. Unterwegs verdunstete es am erhitzten Gestein. Die Atmosphäre schien jedes Molekül Feuchtigkeit aufzusaugen, um sie dann auf immer noch unerklärlichem Weg nach Amerika zu bringen und sie in sintflutartigen Regengüssen über das überschwemmte Land auszuschütten.

*

Am 27. Mai ging die Konferenz in Paris beschlußlos auseinander. Ein neuer Verhandlungstermin wurde nicht beschlossen.

Europa, Asien und der Vordere Orient drohten zu verdursten.

*

Im Tower des Raumhafens Euro-III herrschte gedämpfte Betriebsamkeit.

Alle vier Pisten waren bis auf den letzten Platz besetzt, aber kein einziges Schiff startete in den Raum. Seit achtzehn Stunden war keine Startgenehmigung mehr erteilt worden, und kein Kommandant hatte gegen das Ausbleiben der Startgenehmigungen protestiert.

Den Grund der Startverweigerung kannten alle: Wassermangel an Bord der Raumer.

Alle Wassertanks waren leer, oder sie enthielten nur noch so wenig Trinkwasser, daß mit diesen kümmerlichen Reserven ein Flug nicht mehr durchgeführt werden konnte, wollten Besatzung und Passagiere nicht Gefahr laufen, unterwegs zu verdursten. Darum wartete man mit Ungeduld auf den Tankfrachter, der Wasser aus Amerika heranfliegen sollte, um ausschließlich die Schiffe zu versorgen, die unbedingt starten mußten.

Endlich landete der Tankfrachter, bis zur Halskrause mit Süßwasser gefüllt. In ohnmächtigem Zorn mußten die Kommandanten über ihren Bildschirm mit ansehen, wie Sicherheitsstreitkräfte den Tankfrachter umstellten und seine Ladung beschlagnahmten, um damit ein halbes Hundert Kliniken zu versorgen.

Hyperfunker Roger Fannhild, der diese Vorgänge vom Tower aus verfolgt hatte, blickte mißmutig in sein leeres Glas. Gerade hatte er den letzten Schluck Tee getrunken. Dabei hätte sein Tee bis zum Ende der Schicht reichen sollen. Aber wer kam mit einem halben Liter Flüssigkeit acht Stunden lang aus, wenn nicht einmal die Klimaanlagen es schafften, gegen diese infernalische Hitze anzukommen?

Die Luft war so trocken, Larousses Lippen waren es auch. All seine Gedanken drehten sich ausschließlich um Wasser – um große Mengen Wasser!

Fannhild betrachtete die zuckenden Blips auf seinem

Oszillo. Er verstand sie zu deuten, wußte, was sie aussagten. Er hatte den automatischen Antwortgeber eingeschaltet. Jedes Schiff, das sich auf Terra-Kurs befand, wurde nun durch einen automatisch abgestrahlten Hyperfunkspruch vor einer Landung in Europa, Afrika oder Asien gewarnt. Grund der Warnung: Wassermangel. Alle großen Ausweg-Raumhäfen lagen in Amerika. Dort bestand aber die Gefahr, daß die Raumer auf den von Regenmassen unterspülten Pisten einbrachen. 18 Schiffe hatten sich – wie man im Berufsjargon sagte – dort bei der Landung das Kreuz gebrochen.

Roger Fannhild hörte die TV-Nachrichten.

Alle Pipelines in Europa und Asien werden zur Zeit durchgespült. Das bedeutet, daß kein Rohöl mehr transportiert werden wird. Wenn alles planmäßig verläuft, steht das Verbund-System der euro-asiatischen Pipelines in drei Tagen der Wasserversorgung zur Verfügung.

Roger Fannhild lachte verbissen auf.

»Ein Tropfen auf den heißen Stein . . . Hätte ich bloß noch einen Schluck Tee.«

Das Magnetfeld seiner Lautsprecher stieß einen hellen Ton aus.

Anruf aus dem Raum. Aus den Raumtiefen. Ein Hyperfunkspruch meldete sich an. Er schaltete durch und bestätigte. Alles Routinearbeit, bei der er nicht zu überlegen brauchte.

TOLIMAN ruft EURO . . .! TOLIMAN ruft EURO . . .! Bitte, kommen!

EURO-III bestätigte. Fannhild drückte die Registertaste, und auf dem Schirm tauchten die technischen Daten der TOLIMAN auf.

Ein kleines Schiff, etwas mehr als sechzig Meter lang, Tropfenform, bei einem maximalen Durchmesser von siebenundzwanzig Metern. Eigner: Ax Torrner.

»Torrner?« fragte Roger Fannhild sich und zuckte mit den Schultern, denn der Name sagte ihm nichts. »Ax Torrner? Noch nie gehört.«

TOLIMAN an EURO-Sternverwaltung! – TOLIMAN an EURO-Sternverwaltung! – Dringende Sprechverbindung mit der EURO!

Roger Fannhild grinste. Was dieser Ax Torrner sich bloß einbildete. Einfach eine Sprech-Sichtverbindung mit der EURO-Sternverwaltung in Paris zu verlangen.

»Versuche Verbindung herzustellen«, sagte er nicht besonders freundlich ins Mikrofon. Aber alle Frequenzen der EURO waren im Moment besetzt. Darüber wunderte er sich nicht. Jeder in Europa wußte, welche Sorgen die verantwortlichen Männer in dieser Dachorganisation hatten, die direkt der Sternverwaltung in Alamo Gordo in Nordamerika unterstand.

Ax Torrner in der TOLIMAN schien keine Ahnung zu haben, was sich auf dieser Hälfte der Erde abspielte, denn er verlangte nun kategorisch eine Blitzverbindung.

Blitz kostete tausendfache Gebühr! Wieder zuckte Roger Fannhild mit den Schultern. Wenn dieser Torrner sein Geld mit Gewalt zum Fenster hinauswerfen wollte – bitte, Fannhild kümmerte das nicht.

Auf sein Blitzzeichen hin wurden schlagartig drei Frequenzen frei.

EURO war empfangsbereit.

Aber nun war der Hyperfunker neugierig geworden. Er dachte nicht daran, den Ton abzuschalten, auch wenn es gegen die Vorschrift verstieß, die jedes unbefugte Abhören von Funkgesprächen streng verbot.

Wer wollte ihm schon etwas?

Er war im Funkraum des Towers allein, und niemand konnte ihm deswegen Vorhaltungen machen. Und vor allen Dingen, er vertrieb sich die Zeit.

Er richtete sich auf, als er die Stimme dieses Ax Torrners hörte.

Klang hatte sie und schien vor Energie zu platzen.

»Ich verlange M. Michel Tonard zu sprechen! Es eilt und ist wichtig.«

Die Blitzverbindung schien auch auf den Beamten in der EURO-Sternverwaltung Eindruck zu machen, denn er versprach, sofort eine Verbindung mit M. Tonard herzustellen.

Michel Tonard meldete sich. Ihm schien Ax Torrner kein Unbekannter zu sein, denn die Begrüßung fiel ziemlich leger aus. Torrner jedoch ging einfach darüber hinweg.

»Tonard, ich bin mit meiner TOLIMAN in vier Stunden über Europa. Ich habe Sternenwasser an Bord, das ausreicht, Europa zwei Monate lang mit Trinkwasser zu versorgen. Geben Sie mir in der nächsten Stunde über Hyperfunk an, an welchen Stellen ich das Sternenwasser abladen kann! Ich mache aber noch darauf aufmerksam, daß Talsperren mit normalem Fassungsvermögen zu klein für mein Sternenwasser sind.«

Das war der Augenblick, in dem Ax Torrner von Michel Tonard unterbrochen wurde.

»Mr. Torrner, Sie haben mich doch nicht angerufen, um mir einen schlechten Witz zu er . . .?«

Ziemlich wütend klang Torrners Stimme auf. »Ich habe Sie angerufen, damit Sie sich überlegen, wo ich mein Sternenwasser abladen kann, ohne dabei ein Drittel Europas zu überschwemmen!«

Der Hyperfunker Roger Fannhild im Tower von EURO-III wunderte sich gar nicht, daß Monsieur Tonard in der EURO-Sternverwaltung einfach abgeschaltet hatte, denn wer hat schon Lust, sich mit einem Verrückten zu unterhalten?

Dann mußte er schallend lachen, bis ihm die Tränen kamen.

Großer Himmel, dachte Roger, dieser Torrner muß ja ein erstklassiger Spinner sein. Hat einen Tropfenraumer, der genau zweiundsechzig Meter lang ist und behauptet, Sternenwasser an Bord zu haben, mit dem er halb Europa überschwemmen könnte.

»Hahaha, Sternenwasser?! Was ist denn eigentlich Sternenwasser? Vollidiot . . . Spinner!«

Roger Fannhild war in der Wahl seiner Ausdrücke nicht sehr behutsam.

Da funkte der Hypersender der TOLIMAN schon wieder an.

Hatte dieser Ax Torrner die Nase immer noch nicht voll?

»Sorry«, sagte Fannhild nach mehrfachen vergeblichen Versuchen, noch einmal Verbindung mit Michel Tonard in der EURO-Sternverwaltung in Paris zu bekommen, »aber M. Tonard ist nicht aufzufinden.«

»Dieser Narr! Dann eine Blitzverbindung mit Sternverwalter Ren Dhark in Alamo Gordo!«

Wünsche hatte dieser Eigner eines Kleinraumschiffes, die Roger Fannhild erstaunen ließen, aber er tat ihm sofort den Gefallen und wählte über Blitz zum drittenmal die weltgrößte Hyperfunkstation in Cent Field an. Sein Geld kostete es ja nicht.

Natürlich war Ren Dhark für einen Ax Torrner nicht zu sprechen.

»Dieser Idiot!« brüllte es über Hyperfunk. Dann bekam Roger Fannhild einen Fluch zu hören, der ihm neu war.

Ein feiner Mann ist dieser Torrner auch nicht, stellte er in Gedanken fest und schaltete ab, weil der Sender der TOLIMAN schwieg.

Von diesem Moment an begann er sich für den kleinen Tropfeneraumer und Ax Torrner zu interessieren. Über die Verständigung setzte er sich mit seinem Kollegen im Computerraum in Verbindung.

»Okay, die Auskünfte kannst du in ein paar Minuten haben, Roger. Ich spiele sie dir dann sofort durch. Torrner hast du gesagt? Ax Torrner? Mir ist, als ob ich den Namen schon mal gehört hätte. Muß aber schon lange her sein.«

Roger Fannhild war auf alles vorbereitet, aber nicht auf die Auskünfte, die ihm der Computer lieferte.

Ax Torrner, 36 Jahre alt, Astrophysiker und Astrometallurge, Kapazität auf dem Gebiet interstellarer Fremdmetalle, Entdecker der Lonit-, Terent-, Vaskyl- und Dromet-Metalle; Verfasser zahlreicher wissenschaftlicher Arbeiten.

Ax Torrner, Eigner des Raumschiffes TOLIMAN; verschollen seit dem . . .

Blitzschnell rechnete Roger Fannhild nach und kam zu der Feststellung, daß die TOLIMAN vor rund vier Jahren nach ihrem letzten Hyperfunkspruch nicht mehr geortet worden war.

Nun war sie zurückgekommen, als ob nichts geschehen wäre. Und dieser Wissenschaftler behauptet, Sternenwasser an Bord zu haben, mit dem er ein Drittel Europas überfluten könne.

»Na . . .«, sagte Roger Fannhild und bekam keine Zeit

mehr, über Sternenwasser nachzudenken, denn die EURO-Sternverwaltung hatte seine Station direkt angefunkt.

Was?

Ihm drohte der Schweiß auszubrechen.

Was wollte M. Michel Tonard von ihm wissen? Ob der Funkkontakt zwischen Torrner und ihm über eine verschlüsselte Frequenz gegangen sei, die abhörsicher gewesen wäre.

»Nein. Mr. Torrner hat dieses Verlangen nicht gestellt, Monsieur . . .«

Der schien Ameisen in der Hose zu haben. Über den Bildschirm sah er Tonard aufspringen, hörte ihn ziemlich ordinär fluchen, nannte Fannhild einen Vollidioten und endete mit der Bemerkung: »Dann haben ja Abertausende von dem komischen Sternenwasser gehört . . . Mon dieu! Jetzt verstehe ich, warum wir uns vor Anfragen nicht retten können. Mann, Fannhild, einen größeren Bock konnten Sie nicht schießen!«

So einfältig, wie Tonard den Funker Fannhild einschätzte, war dieser nicht. Blitzschnell hatte er sich an das Mithörverbot erinnert und spielte nun den zu Unrecht Beschuldigten.

»Monsieur, mit aller Entschiedenheit protestiere ich, einen Fehler bei der Vermittlung des Gespräches begangen zu haben. Und ich verstehe Ihre Bemerkung über dieses Sternenwasser nicht. Ich kenne nur Feuerwasser. Ist das eine neue Schnapsmarke?«

Roger Fannhild hörte den schauerlichsten französischen Fluch und sah dann den Bildschirm wieder grau werden. Die Verbindung zur EURO-Sternverwaltung bestand nicht mehr.

Aber was Sternenwasser sein sollte, wußte er immer noch nicht.

*

Der Pol-Gleiter hatte den Tankwagen, der ihm per Funk gemeldet worden war, auf dem dritten Magnetband der Schnellstraße endlich erfaßt und ließ ihn mit seinen Ortungen nicht mehr los.

»Wagen passiert Exit 4 und fährt in Richtung Antwerpen weiter«, gab der Kopilot durch. Der Driver des Trucks nickte zufrieden, als der Gleiter über ihm eine weite Kurve zog und sich scheinbar von der Schnellstraße entfernte. Daß sich zur gleichen Zeit drei Turbos in Bewegung setzten und sich wie Schatten an den Tankzug hängten, konnten Fahrer und Beifahrer nicht sehen.

»Nächste Ausfahrt, Charles. Merde, der Gleiter hat mir Kopfschmerzen gemacht.«

»Und du machst mir Kopfschmerzen mit deinem Gequatsche. Diable, Rene, was ist heute nur mit dir los? Geht's dir nicht gut?«

Der Beifahrer des Tankzuges winkte ab. »Doch!« stieß er aus. »Bis auf mein mieses Gefühl im Magen, daß heute was schiefgeht.«

»Nichts geht schief.« Der Driver hatte keine Zeit mehr, das Gespräch fortzusetzen. Er brachte seinen Tankzug vom dritten Magnetband auf das rechte äußere. Danach ließ er den Blinker kommen und wartete ab, bis die Bodensteuerung seinen Lastzug in die Ausfahrt steuerte. Durchdringendes Heulen kündigte dann an, daß in hundert Meter Entfernung das Magnetband zu Ende sei und der Wagen manuell gelenkt werden mußte.

Zwei Turbos zogen an dem Zug vorbei, stoppten an der Kreuzung und warteten, bis die Ampeln Grün gaben.

»Waren da keine Bullen drin?« fragte der Beifahrer erregt und blickte den beiden Turbos nach, die rasant die Kreuzung passierten und abzogen.

»Und wenn? Von uns wollen sie ja nichts. Das siehst du ja, René.« Er ließ sich nicht aus der Ruhe bringen, und sein Job verlangte Ruhe. Wenn er noch daran dachte, wie er sich vor drei Monaten die Füße wundgelaufen hatte, um Arbeit zu bekommen, und nun für jede Fahrt so viel erhielt, wie er früher in einem Monat verdiente . . .

Merde, das Geschäft mit dem Wasser zahlte sich aus. Daß ein Risiko dabei war – ihn störte es nicht, und die mit schwarzem Wasser beliefert wurden, auch nicht.

»Mon dieu!« krähte René an seiner Seite schon wieder, »in dem dritten Turbo sitzen ja auch Bullen!«

Jetzt wurde auch Charles, der Driver, nervös. Er wußte

aus Erfahrung, daß Rene einen sechsten Sinn besaß, mit dem er Polizeibeamte in Zivil erkennen konnte, aber auch dieser Turbo zog immer schneller werdend davon und verschwand hinter der nächsten Kurve.

Dem Privatgleiter, der ziemlich tief ihre Straße kreuzte, schenkten beide keinen Blick.

Am Ende der Ortsdurchfahrt gab es eine Fahrzeugkontrolle.

Die Männer im Führerhaus fluchten, der Driver stieg auf die Bremse.

Sie wurden zu Kettenrauchern. Aber dann lief alles unheimlich schnell ab, als die Reihe an ihnen war. Flüchtiger Blick in die Lizenz, Kontrolle der Wagenbegleitscheine, und nicht einmal der Ansatz zu einem Versuch wurde unternommen, die Ladung zu kontrollieren.

»Bon voyage«, sagte der Beamte freundlich und trat zurück.

Die Turbine des Truck begann zu schnaufen, und der Driver zischte seinem Beifahrer zu: »Du verdammter Spinner, fast wäre ich auch nervös geworden!«

Niemand schreckte sie dann noch auf, weder Turbos mit Beamten in Zivivl besetzt, noch ein Pol-Gleiter. Sie ahnten nicht, daß sie seit der Kontrolle drei weitreichende Minipeilsender mitführten, die ununterbrochen den Standort ihres Tankzuges angaben.

Die Ferme Albert tauchte auf. Der Stichweg dorthin befand sich in einem scheußlichen Zustand. Schlagloch reihte sich an Schlagloch, aber über die Lippen der Männer kam kein einziger Fluch. Die Absorber konnten kaum noch die Stöße auffangen. Ab und zu schlugen die Federn durch, doch dann öffnete sich vor ihnen, wie von Geisterhand betätigt, das große doppelflügelige Tor einer stabilen Scheune, und der Truck rollte in das Halbdunkel des Innenraums herein.

»Hallo!« rief Charles, als er zu Boden sprang und auf zwei Männer zuging, die an einem Pumpenaggregat standen, vor dem sich ein Kanisterberg türmte. Jeder Kanister trug die Aufschrift:

Trinkwasser 1. Qualität Felsenquelle.

»Alles gut gelaufen, Charles?«

Der grinste breit über sein Gesicht. »Oui, obwohl René mehr Bullen gesehen hat, als selbst mir lieb war.« An die Kontrolle dachte er nicht mehr.

»Dann wollen wir«, sagte der andere an der Pumpe, rollte den Schlauch aus und koppelte ihn an den Ablaßstutzen des Tankwagens. Zwei Elektromotore begannen zu summen, eine Automatik sprang an. Dann zeigte sich, wie raffiniert arbeitswirksam die gesamte Abfüllanlage konstruiert war. Nicht ein Handschlag war erforderlich, um die 10-Literkanister mit Quellwasser 1. Qualität zu füllen.

Zwei Stunden dauerte der Prozeß, dann war der Tank des Zuges leer und bis auf einige zehn Kanister jeder gefüllt.

Charles und René hielten die Hand auf und steckten dann grinsend ihr Geld ein.

»Morgen in Huy«, sagte der Mann, der die Kasse verwaltete. »Aber pünktlich.« Leichte Drohung schwang in seiner Stimme mit.

»Sind wir das nicht immer gewesen?« maulte Charles, der sich zu Unrecht angegriffen fühlte.

»Verläßt du auch immer pünktlich abends die Kneipe, wie man es dir vorgeschrieben hat?« zischte ihn der andere an. »Und was hast du gestern abend bei ›Le Petit‹ gesabbelt, du altes Waschweib! Womit kann man viel Geld verdienen?« Und bevor sich der stämmige Charles versah, riß ihn ein Schwinger von den Beinen. Krachend stürzte er auf den Berg mit Wasser gefüllter Kanister.

Charles stieß einen Schrei aus, aber der galt nicht dem Mann, der sich mit geballten Händen auf ihn stürzen wollte, sondern den drei unbekannten Männern, die er neben der kleinen Seitentür stehen sah. Und aus diesen drei Mann wurden innerhalb einiger Sekunden sieben. Dann war es sinnlos, sich in Widerstand zu üben.

Die Polizei hatte zugegriffen und wieder den Polypentrieb eines lebensgefährlichen Verbrecherringes abgeschnitten, der seine schmutzigen Geschäfte mit dem raren Wasser machte.

Drei Stunden später lagen die Analysen über das beschlagnahmte »Quellwasser« vor.

Vollkommen verseuchtes Wasser, kaum filtriert und natürlich auch mit dem Geschmacksaroma Bisb versetzt, sollte an den Mann gebracht werden, in dem es von gefährlichen Bakterien wimmelte und Urin keinen geringen Prozentsatz bildete.

»Abwässer, giftiges Wasser«, zürnte der Chef des Labors und betrachtete kopfschüttelnd die Analysen. »Diese Schufte, die verseuchtes Wasser an durstige Menschen für teures Geld verkaufen, sind nicht besser als Rauschgifthändler. Gelingt es denn überhaupt nicht, diesen Hyänen das Handwerk zu legen?«

Seine Meldung überraschte die Polizeizentrale in Brüssel nicht. »Wenn wir einen Ring zerschlagen«, sagte der Polizeichef, »dann existieren anderntags drei neue. Doch, vorgestern ist meine Frau gestorben. Sie hat trotz meiner Warnungen an der Tür Wasser in Kanistern gekauft. Als ich nach Hause kam, lag sie unter Krämpfen am Boden. Jede Hilfe kam für sie zu spät. Ob meine kleine Tochter durchkommt, konnten mir die Ärzte heute morgen noch nicht sagen. Das kann Durst aus einem Menschen machen. Ich danke Ihnen für Ihr schnelles und exaktes Arbeiten.«

Dann verschwand sein Gesicht von der Bildscheibe, und der bestürzte Leiter eines Labors starrte sie blicklos an.

Was würde der Durst aus ihnen allen noch machen?

*

TV-Madrid erhielt um eine Minute zu spät die Stopp-Order, die Meldung über Ax Torrners Sternenwasser-Angebot unter keinen Umständen zu bringen, denn man habe es in diesem Fall mit einem Verrückten zu tun.

TV-Madrid hatte in seinen Nachrichten an erster Stelle die Meldung über das Sternenwasser abgestrahlt und sie noch dementsprechend aufbereitet, damit sie auch als Sensation ankam.

Sensationelles Angebot des weltbekannten Wissenschaftlers Ax Torrner. Europa ist Trinkwasser für zwei Monate angeboten worden. Torrner mit seinem Raumschiff TOLIMAN nach vier Jahren Verschollenheit auf dem Weg zur Erde!

Was ist Sternenwasser?

Was?

In der EURO-Sternverwaltung war jedes Toben sinnlos geworden, die Stopp-Order auch.

Die meisten afrikanischen Staaten hatten die Nachricht sofort übernommen, unterbrachen ihr Programm und gaben sie als Sondermeldung durch. Und von Afrika gelangte sie in den Vorderen Orient und kam durch diese Hintertür wieder nach Europa und über Rußland nach China.

Zwei Stunden sperrte EURO-Sternverwaltung alle Frequenzen und war nur noch für den Sternverwalter Ren Dhark zu sprechen.

Stereotyp die Auskunft: Ax Torrner, sonst ein ernstzunehmender Wissenschaftler, muß in den vier Jahren, in denen er mit seiner TOLIMAN im Raum verschollen gewesen war, geistig erkrankt sein.

Beweis: Sein Raumschiff TOLIMAN verfügt bei Tropfenform von zweiundsechzig Metern Länge und maximalem Durchmesser von siebenundzwanzig Metern nicht einmal über die Möglichkeit, so viel Wasser mitzuführen, um eine kleine Stadtrand-Talsperre zu füllen.

*

Ren Dhark hatte seit Stunden mit den drei Chefingenieuren der Terranischen Flotte (TF) das Problem diskutiert, wie man mit zu Tankern umgebauten Raumschiffen Europa aus der immer bedrohlicher werdenden Wassernot helfen könne. Vor dreißig Minuten war die Besprechung unterbrochen worden. Er saß mit den Experten im Kasino, um eine Kleinigkeit zu sich zu nehmen, als das Vipho an ihrem Tisch aufflammte und das Bild auf der kleinen Scheibe stabil wurde.

Dan Riker blickte ihn fragend an.

»Bist du allein, Ren?«

»Nein«, sagte der Sternverwalter schnell. »Unsere drei Chefingenieure von der TF befinden sich in meiner Gesellschaft. Was gibt's denn? Soll ich über S-11 sprechen?« Das war die absolut abhörsichere Phase, über die allein er verfügen konnte.

Dan schüttelte den Kopf. »So geheim ist die Nachricht auch wieder nicht. Zur Stunde fliegt ein Verrückter namens Ax Torrner Terra an. Vier Jahre lang ist er im Raum mit seiner TOLIMAN verschollen gewesen. Nun kommt er zurück, behauptet, Sternenwasser an Bord zu haben, und von dem Zeug gleich so viel, daß er damit ein Drittel von Europa überfluten könne, würde er das Sternenwasser darüber ablassen. Dabei ist sein Tropfenraumer ganze zweiundsechzig Meter lang, Ren.«

Der krauste die Stirn. »Wegen dieses Unfugs rufst du mich an, Dan?«

Deutlich war auf der kleinen Bildscheibe des Tischviphos Rikers Kopfnicken zu sehen. »Deswegen, Ren. Europa, Afrika und Asien haben Torrners Angebote betreffs seines Sternenwassers auch mitbekommen. Die TV-Stationen hatten nichts Eiligeres zu tun, als die verrückte Meldung sofort auszustrahlen. Du kannst dir vorstellen, daß es inzwischen einzige zigtausend Menschen in Europa gibt, die durchgedreht haben, die tatsächlich glaubten, daß dieser verrückte Torrner genug Sternenwasser an Bord hat, um damit den Durst eines jeden zu löschen. Die Meldungen, die uns die EURO-Sternverwaltung in Paris vorhin hat zukommen lassen, malt den Teufel an die Wand. Ren, wir haben dort mit einer Panik zu rechnen, die sich wie eine Epidemie in alle Richtungen ausbreiten wird. Darum hielt ich es für richtig, dich anzurufen.

Die drei Ingenieure wagten sich nicht einzumischen. Ihr Kopfschütteln besagte jedoch genug.

»Dan, wer ist dieser Ax Torrner?« verlangte der Sternverwalter zu wissen.

Riker gab ihm alle Angaben durch und zeigte auch ein Foto von dem Wissenschaftler. »Das verblüffendste ist, daß Torrner als Experte einen ausgezeichneten Ruf besitzt. Gerade deswegen ist als sicher anzunehmen, daß ihn der lange Aufenthalt zwischen den Sternen hat verrückt werden lassen. Hast du schon mal von Sternenwasser gehört?«

»Nein«, erwiderte Ren Dhark. Nachdenklich blickte er auf das Vipho. Es fiel ihm schwer, so schnell mit einem Urteil über diesen Ax Torrner zur Hand zu sein. Die Daten, die ihm Dan über diesen Mann mitgeteilt hatten, wiesen den Experten als einen wagemutigen Mann der Forschung aus.

Aber, zum Teufel, was war Sternenwasser?

Doch nichts anderes als Wasser, egal von welchem Planeten. Und dieses Wasser trug als Kennzeichen die chemische Formel H2O. Es spielte dabei überhaupt keine Rolle, ob es Wasser von der Erde war oder von einem Planeten vom anderen Ende der Galaxis.

Überall war Wasser nichts anderes als H2O – zwei Teile Wasserstoff und ein Teil Sauerstoff.

Auch wenn man es Sternenwasser nannte.

Dan grinste amüsiert. »Du, dieser Torrner hat den Versuch unternommen, dich zu sprechen. Als Cent Field anfragte, habe ich sofort abgewinkt. Die EURO-Sternverwaltung in Paris hat ihn auch abblitzen lassen. Unser Michel Tonard ist besonders sauer auf ihn. Ich kann's ihm nachfühlen.«

Ren Dhark nippte an seinem Kaffee. Sein Schweigen war auffallend. Alle seine Gedanken kreisten um den ungewohnten Begriff *Sternenwasser*. Sein Instinkt wollte ihm sagen, daß sich hinter diesem Wort etwas Ungeheuerliches verbarg. Doch dann erinnerte er sich, daß Wasser nichts anderes war als eine simple chemische Verbindung.

Diese gedankliche Feststellung gab den Ausschlag.

»Mir tun die wieder einmal enttäuschten Menschen in Europa, Asien und Afrika leid, die den Worten dieses Scharlatans Glauben geschenkt haben. Sonst noch was, Dan?«

Der schüttelte den Kopf. Dhark schaltete sein Tischvipho ab und nahm sein Gespräch mit den drei Ingenieuren wieder auf.

*

An Bord der TOLIMAN bereitete man sich auf die letzte Transition vor, die das Schiff ins Sol-System bringen sollte, aber es herrschte keine Hektik vor. Man hatte in den letzten vier Jahren zuviel erlebt, um sich über eine Transition noch aufregen zu können.

Ax Torrner, dem man nicht den Wissenschaftler ansah – vielmehr hätte man ihn für einen Ringer halten können, denn er schleppte die prachtvollsten Muskelpakete mit sich herum –, saß neben seinem Funker Hull am Hypergerät. Beide lauschten, was ihnen der Empfang hereinbrachte.

Gut sah es auf der Erde nicht aus. Die letzten aufgefangenen Hyperfunksprüche hatten die katastrophale Lage in Europa, Asien und dem Vorderen Orient erstmalig unverschleiert deutlich gezeigt.

Gerade lauschten sie einem Wechselgespräch zwischen den Kommandanten zweier Frachtraumer.

»Es ist nicht ratsam, die Erde anzufliegen. Wie lange die Verhältnisse in Japan, den Philippinen und Australien noch normal bleiben, weiß kein Mensch zu sagen.«

»Aber ich muß in den nächsten drei Monaten nach Terra«, sagte der andere Kommandant, »denn mein Kahn ist reif zur Kontrolluntersuchung, und die Energieversorgung arbeitet nicht mehr so einwandfrei, wie man es erwartet.«

Er wurde gewarnt. »Warum fliegen Sie dann nicht Alpha Centauri an? Wenn es dort auch teurer ist, aber dort gibt es doch auch alles: Kontrolle, Werften und vor allen Dingen Wasser. Meine Reederei hat mir den Befehl gegeben, Terra wie die Pest zu meiden.«

»Und meine drückt sich um diesen Entschluß herum. Meine letzten Nachrichten über Terra sind vier Tage alt. Haben Sie Informationen neueren Datums?«

Der andere hatte sie.

»Die allerneueste ist zwei Stunden alt und stammt von Luna. Kollege, ist Ihnen der Name Torrner ein Begriff?«

»Der Astrophysiker, der seit ein paar Jahren im Raum verschollen ist? Meinen Sie den?«

»Ja! Der ist wieder aufgetaucht und hat Europa per Hyperfunk Wasser für zwei Monate angeboten. Sternen-was-ser!«

»Was? Sternenwasser? ... Sternenwasser – was ist das?«

»Diese Frage weiß kein Mensch zu beantworten. Die Nachricht von Torrner sollte unterdrückt werden, kam aber durch eine Panne doch ans Tageslicht. Können Sie sich vorstellen, was das verdurstende Europa und Asien nun anstellt? Wie man auf die Ankunft der TOLIMAN wartet? Mit Sternenwasser an Bord?«

Ziemlich heftig klang die Stimme des anderen Kommandanten. »Auf diesen Unsinn kann doch niemand hereinfallen.«

»Doch! Jeder, der Durst hat. Jeder, der nur noch den Wunsch kennt, endlich mal wieder genug Wasser zur Verfügung zu haben, um sich satt zu trinken. Und das hat Torrner Europa versprochen: Wasser für zwei Monate! Sternenwasser!«

In der Funkzentrale der TOLIMAN sahen sich Funker und Ax Torrner schweigend an, und sie hörten:

»Sternenwasser – das gibt es doch nicht! Oder kennen Sie Sternenwasser, Kollege?«

»Ich glaube, das kennt kein Mensch. Darum will man ja auch Torrner, soweit ich informiert worden bin, für geistig unzurechnungsfähig erklären.«

Die beiden Kommandanten konnten nicht hören, daß in der Funkzentrale der TOLIMAN zwei Männer in schallendes Gelächter ausbrachen, das aber nur ein paar Sekunden dauerte. Der Funker sah Torrner fragend an.

»Sir, und wenn man es tut?«

»Hull, man wird es tun. Vielleicht hat man mich schon für verrückt erklärt. Überlegen Sie doch mal: ich habe versprochen, Europa einen Wasservorrat zu bringen, der für zwei Monate reicht. Und stellen Sie sich vor, Sie würden nun nicht in der TOLIMAN sitzen, sondern auf Terra? Würden Sie mich nicht für verrückt erklären?«

»Doch!«

»Na, also.«

»Und was werden Sie jetzt tun?«

Lauschend hob Ax Torrner den Kopf. Aus dem Triebwerksraum kam das Heulen der Transformer und Energiebänke. Ein unverkennbares Zeichen, daß der Sprung in Nullzeit über viele Lichtjahre hinweg kurz bevorstand.

Hull schaltete den Hyperempfang ab, drückte seine Zigarette aus und lehnte sich zurück. Die TOLIMAN würde in den nächsten Sekunden mitten im Sol-System wieder rematerialisieren.

Kurz heulten die Sirenen auf.

Der hohe Ton drang bis in den letzten Winkel.

Sprung durch den Hyperraum!

Ein krampfartiges Gefühl im Kopf eines jeden, der sich an Bord der TOLIMAN befand, dann war auch das vorbei.

Über die Bildschirme leuchtete die gute alte Mutter Sonne in die Kabinen des kleinen Tropfenraumers.

Terra, die blaue Kugel, stand in knapp einer Million Kilometer Entfernung vor ihnen. Und Terras Raumortungs-Stationen hatten das Schiff schon erfaßt.

Es war Zufall, daß gerade EURO-III das Schiff anrief und um den Erkennungskode bat.

»Abstrahlen, Hull!« forderte Torrner seinen Funker auf und schob ihm eine in Brand gesetzte Zigarette zwischen die Lippen.

Hull strahlte per Hyperfunk den Kode ab.

»Was?« kam es zurück. »Die TOLIMAN mit dem Sternenwasser? Der Kahn der Verrückten?«

Roger Fannhild, dem der Lapsus linguae passiert war, hätte sich am liebsten eigenhändig geohrfeigt. Dann begriff er nicht, daß man in der TOLIMAN auf seine Ungezogenheit gar nicht einging.

Torrner hatte das Mikrofon zu sich herangezogen und verlangte mit Bestimmtheit sofort mit einem verantwortlichen Mann der EURO-Sternverwaltung zu sprechen.

»Alle Frequenzen sind gesperrt, Sir. Auch Blitz kommt nicht mehr durch.«

Ax Torner war kein Cunctator – ein Zögerer. »Dann Verbindung zu einer der größten TV-Stationen Europas, aber Blitz! Gebühren, wie die der vorausgegangenen Gespräche, vom Konto der TOLIMAN abbuchen.«

Torner nutzte die Sekunden Wartezeit, bis die verlangte Verbindung kam, schaltete Bord-V ein und gab seinem Captain die Order, bei 100 000 Kilometer Distanz über Terra in den Parkorbit zu gehen.

»Okay, Sir.«

Die Mammutstation LON-PA-TV meldete sich – die Chefredaktion.

London-Paris-TV ließ Ax Torner sprechen, bis er sein

Angebot wiederholte, Europa für zwei Monate ausreichend mit Trinkwasser zu versorgen.

»Sorry«, wurde Torrner höflich unterbrochen, »Sie erwarten doch nicht, daß wir als seriöse TV-Station diesen Unsinn publizieren?«

»Aber so lassen Sie sich doch erklären ...«

Torrner kam nicht mehr zu Wort.

»Sir, wir können Ihnen nur noch einen Gefallen tun, und wir versprechen Ihnen, Ihren Wunsch zu erfüllen: in welcher Irrenanstalt möchten Sie untergebracht werden?«

Mit Hull ging mal wieder das Temperament durch.

Er hieb auf die Aus-Taste, und die Verbindung zu LON-PA-TV bestand nicht mehr.

Torrner machte ihm deswegen keinen Vorwurf. Sein Lächeln hatte etwas Mitleidiges an sich. Es galt nicht Hull, sondern jenem Mann in der Chefredaktion von LON-PA-TV, der sich besonders klug vorgekommen war.

Langsam erhob er sich.

»Dann müssen wir es eben auf andere Weise demonstrieren«, sagte er in seiner ruhigen Art und verließ die Funkzentrale.

Sein Captain blickte kurz auf, als er den Leitstand der TOLIMAN betrat.

»Ist unser Neutro-Feld noch klar, Paja?«

»Klar, Sir. Ich habe das Gespräch mitgehört.«

»Torrner lachte kurz auf. »Dann wissen Sie ja Bescheid. Welches Irrenhaus empfehlen S i e mir?«

Paja schnaufte und stieß aus: »Gegen Dummheit – Sie wissen schon, Sir. Aber wie geht es weiter, denn allzuviel Zeit haben wir nicht mehr.«

Er spielte auf eine bestimmte Sache an.

Torrner nickte. »Ich weiß. Nehmen Sie Kurs Terra, und fliegen Sie die Sahara an! Um für alle Fälle vorbereitet zu sein, bleibe ich bei Ihnen, wenn es Ihnen recht ist.«

»Und ob, Sir.«

Paja war noch nie ein großer Redner gewesen. Am liebsten schwieg er sich aus, und Ax Torrner gab ihm jede Möglichkeit dazu.

Die TOLIMAN verließ den Parkorbit, in dem sie sich erst seit kurzer Zeit befand, und stieß zur Erde hinunter.

Klar und deutlich, wie sie es bei einem Landeanflug noch nie gesehen hatten, konnten sie das verdurstende Europa, das ausgedörrte Asien und die vertrockneten Randgebiete des Vorderen Orients und Afrikas erkennen.

*

LON-PA-TV hatte dafür gesorgt, daß man bei der EURO-Sternverwaltung in einer Blitzaktion alle erreichbaren Experten zusammentrommelte.

Über dreißig Wissenschaftler fanden sich im Grünen Saal zusammen, ohne zu wissen, weswegen man sie gerufen hatte.

Michel Tonard, der als erster mit dem Torrnerschen Sternenwasser konfrontiert worden war, hatte die Aufgabe, die Experten zu unterrichten und auch über Torrners letzten Versuch über LON-PA-TV die EURO-Sternverwaltung zu erreichen.

»Ihnen ist besser als mir bekannt, welchen ausgezeichneten Ruf Ax Torrner als Astrophysiker und Astrometallurge besaß. Aber Sie werden mir beipflichten, daß nun ernsthafte Bedenken ob seines Gesundheitszustandes bestehen. Führen Sie sich vor Augen, wie groß sein Raumschiff ist, und erinnern Sie sich daran, daß er Europa für zwei Monate Trinkwasser angeboten hat. Sternenwasser, Gentlemen!«

Das war das Stichwort, und der Name Ax Torrner tat sein übriges dazu, diesem Stichwort Gewicht zu geben.

Jemand lachte, die Formel H2O wurde genannt, dafür erntete der Lacher und Spötter manchen ärgerlichen Blick. Nur vier Herren im gesetzten Alter ersparten es sich. Sie nickten sich zu, traten zur Seite und flüsterten miteinander, so daß Monsieur Michel Tonard auf sie aufmerksam wurde. Er hatte einen hellsichtigen Moment, als er den vier Herren fragend zurief: »Messieurs, sehen Sie in Torrners Angebot vielleicht eine Realität?«

Professor Caution fühlte sich angesprochen.

»Vielleicht, denn Torrner hat ein Wort benutzt, das es bisher in unserer Terminologie noch nicht gab: Sternenwasser.«

»Aber, Kollege«, kam von rechts der Zwischenruf, »Wasser bleibt Wasser, auch wenn man es von anderen Planeten zur Erde bringt.«

Professor Caution ließ sich nicht aus dem Konzept bringen.

»Torrner hat schon manches aus dem interstellaren Raum mit zur Erde gebracht, das uns hier unbekannt war. Darf ich Sie, Kollege, an die verschiedenen Metalle erinnern, deren Entdecker er war? Und nun hat Torrner ein neues Wort geschaffen: Sternenwasser! Sollte das uns allen nicht zu denken geben?«

Wollten sie nicht denken können oder hatten sie es verlernt? Teils erregte, teils spöttische Zurufe trafen den Professor, der gelassen abwartete, bis man sich wieder beruhigt hatte.

»Ich kann nicht mehr sagen als das, was ich gesagt habe: Torrner hat ein neues Wort geprägt: Sternenwasser! Und wir, die ihn alle als einen ernstzunehmenden Forscher und Wissenschaftler kennen, sollten ihm Gelegenheit geben, uns sein Sternenwasser zu zeigen.«

»Und dabei ist die TOLIMAN ganze zweiundsechzig Meter lang, Caution!« hielt ihm ein junger Kollege mit brandrotem Haar vor. »Und Torrner hat Europa Wasser für zwei Monate angeboten. Geht's noch verrückter?«

»Wenn in dieser Form weiterdiskutiert wird, dann . . . Nein!« Professor Caution drehte sich zu seinen Kollegen um, die schweigend hinter ihm standen, flüsterte mit ihnen und verließ mit ihnen den Grünen Saal.

In der Messe suchten sie die Bar auf und tranken ihren Shot.

Jolan unterbrach das Schweigen.

»Ich möchte jetzt nicht in Torrners Haut stecken.«

»Warum nicht?« wollte Caution wissen. »Ihn ficht das Geschrei seiner superklugen Kollegen nicht an. Er steckt in seiner TOLIMAN und kann abwarten. Aber wir . . . Europa und Asien haben keinen Tag Zeit mehr zu verlieren, und diese Narren schlagen das Angebot eines weltbekannten Wissenschaftlers aus.«

Fragend blickte Jolan ihn an.

»Sind Sie wirklich überzeugt, daß Torrner an Bord seines kleinen Raumers Wasser für zwei Monate mitführt? Kollege, überlegen Sie doch einmal, wieviel Kubikkilometer Wasser Europa an einem einzigen Tag verbraucht – nur pro Kopf der Bevölkerung, ohne die Industrie!«

»Sternenwasser, Jolan!« erwiderte Caution nun stark erregt. »An diesem Wort halte ich mich fest. An nichts anderem ... Doch! Daß Torrner diesen Ausdruck geschaffen hat. Dahinter muß doch ein Novum stecken.«

»Aber H2O ist und bleibt H2O. Auf allen Planeten, wo es Wasser gibt, Caution«, mischte sich nun Welbrouk ein.

»Hm, dem habe ich nicht widersprochen, aber kennen wir alle Planeten, meine Herren? Warum lassen wir außer acht, daß Torrner fast vier Jahre im Raum verschollen war? Wo hat er in dieser Zeit gesteckt? Was hat er gefunden? Sternenwasser?«

Leichtes Mitleid klang durch, als Jolan ihm antwortete: »Sie haben sich in diese Wortneuschöpfung verliebt, Caution.«

»Nein. Sie hat mich nur stutzig werden lassen. Ich kenne Torrner zu gut, als daß ich ihn als einen Wichtigtuer ansehen könnte. Bei allen Himmelhunden, warum hat ihm EURO-Sternverwaltung nicht die Chance gegeben, sich näher über sein Sternenwasser auszulassen, dann brauchten wir uns jetzt den Kopf nicht zu zerbrechen, was wir uns darunter vorzustellen haben.«

»Aber es muß doch Wasser sein, Caution«, hielt ihm Jolan schon wieder vor. »Er selbst hat doch von einer Versorgungsmenge für zwei Monate ...«

»Er hat, und wir wissen nichts. Aber ich werde bald etwas wissen.« Damit verließ er die Bar, benutzte den Anti-Gravlift und ließ sich nach oben zur Funkstation tragen.

Sein Name verschaffte ihm schnell die Möglichkeit, zum Chef der Station zu kommen. Kaum saß er ihm gegenüber, als er seinen Wunsch vortrug.

Der schüttelte den Kopf. »Sorry, Professor, es ist uns untersagt, mit der TOLIMAN Funkkontakt aufzunehmen. Ich verstehe diese Order, denn Ax Torrner hat mit seinem verrückten Angebot schon genug Unruhe unter den Menschen angerichtet. Auch bei Ihnen kann ich keine Ausnahme machen. Sie werden dafür Verständnis haben.«

Schweigend ging Professor Caution, und im Anti-Gravschacht schwebte er nach unten, um seine Kollegen an der Bar wieder aufzusuchen.

*

Geophysic Central in Palmer City.

Hier war die Wahrheit zu Hause, denn hier liefen die Wettermeldungen aller über Eurasien stehenden Satelliten ein, und in der Geophysic Central wurde nicht gelogen, verfälscht oder verbessert. Hier lagen die Diagramme in ihrer brutalen Nacktheit und zeigten das Wetter an, wie es tatsächlich war: mörderisch.

Das hochindustrielle Europa versteppte, die Agrarzentren waren zu staubigen Wüsten geworden.

Von Flüssen konnte man nicht mehr sprechen, von Seen auch nicht. Sie waren schon um mehr als fünfundsechzig Prozent ausgetrocknet. Für den Rest war es nur noch eine Frage der Zeit.

Lago Maggiore minus 48,4 Meter, Gardasee minus 51,3 Meter. Der flache Neusiedlersee existierte nicht mehr, ebenso war das Balaton verschwunden. Der Bio-Haushalt des Bodensees war schon längst umgekippt.

»Ich kann diese verfluchten Wetterdiagramme nicht mehr sehen«, stöhnte Hela Egs und stieß den Folienstapel von sich. »Mein Gott, wie wird das alles enden?« Sie wischte sich den Schweiß von der Stirn.

Niemand konnte ihre Frage beantworten.

»Und zu allem Überfluß macht Torrner die Menschen nun auch noch verrückt. Der mit seinem Sternenwasser.«

Man war zu deprimiert, darüber zu sprechen. Ihr großer Computer hatte vor wenigen Minuten seine Hochrechnung abgeschlossen und die neueste Langzeit-Wetterkarte ausgestoßen.

Keine Wetterveränderung in den nächsten dreißig Tagen!

Nicht ein Tropfen Regen in Aussicht. Es gab immer noch keine befriedigende Erklärung für das anomale Wetter in

Eurasien, im Mittelmeerraum, Vorderen Orient und nördlichen Afrika. Ebensowenig gab es eine Erklärung dafür, warum der Kontinent Amerika unter sintflutartigen Regenfällen ertrank und von gigantischen Eisbergketten belagert wurde.

Die Funkautomatik hatte eine TV-Station eingeschaltet, die Nachrichten brachte.

An erster Stelle stand der Wetterbericht.

*

»Schaltet denn kein Mensch diese verdammte Quatschkiste aus?« brüllte ein Wissenschaftler, um im nächsten Moment zu lauschen.

Die TV-Station gab eine Nachricht über Ax Torrner durch.

Raumschiff TOLIMAN ist über dem Sahararaum geortet worden und scheint dort landen zu wollen. Ax Torrner gibt auf Funkanrufe oder Funkorder keine Antwort. Es kann also nicht gesagt werden, ob er den Funkbefehl erhalten hat, unverzüglich LUNA-Airport anzufliegen, nachdem ihm jede Landung auf der Erde verboten wurde. Nach letztem Bericht steht die TOLIMAN in 648 Kilometern Höhe über der verlassenen Oase Ben Er'riad. Drei Raumjäger der Luftkontrolle haben Order, das Schiff zum Mond zu geleiten.

Schweigend sahen sie sich an.

Was sollte man noch über diesen verrückt gewordenen Astrophysiker und Astrometallurgen Torrner sagen?

Der Spinner mit dem Sternenwasser!

Die Stille war so drückend wie die Hitze im Raum.

Air condition – das war ein Märchen geworden.

»Das ist meine Teeration!« schnarrte eine scharfe Stimme. Eine Pranke riß das Thermogefäß mit dem gelbroten Band an sich.

Soweit war es schon.

In der Geophysic Central stahlen sich Kollegen und Kolleginnen gegenseitig ihre Wasserration.

Anderswo wurde wegen Wasser schon gemordet, bloß brachten die Nachrichten darüber nichts mehr. Schon seit zwei Wochen nicht. Nur Eingeweihte wußten, wie viele Menschen schon hatten sterben müssen, weil sie noch über trinkbares Wasser verfügten.

Ein Mann schlug mit der Faust auf seinen Schreibtisch. »Warum hat denn keiner dieser Eierköpfe in der EURO-Sternverwaltung den Torrner gefragt, was es mit seinem Sternenwasser auf sich hat?«

»Bob, haben Sie schon mal versucht, sich mit einem Verrückten zu unterhalten?« klang im spöttischen Ton die Gegenfrage auf.

»Aber Sternenwasser ... Sternenwasser ... Dieses Wort hat es doch noch nie gegeben.« Die Bemerkung klang wie das Bellen eines Hundes, wütend und angriffslustig.

»Besagt das nicht genug, Bob?«

Der schüttelte den Kopf und hielt den Mund.

Dreimal hintereinander ertönte weiches Summen. Drei Satelliten hatten ihre Daten zur Erde gefunkt. Keiner erhob sich, um sie zur Kenntnis zu nehmen.

Es war ja doch immer das gleiche: Keine Wetteränderung!

Da brachte die TV-Station eine Sondermeldung.

Vor der holländischen Küste wurde die 310. Wasseraufbereitungsanlage mit einer Stundenleistung von 2000 Kubikmetern in Betrieb gesetzt.

»Abschalten! Abschalten! Die quatschen uns besoffen!« tobte ein anderer. »Aber daß in den letzten vierundzwanzig Stunden der Wasserspiegel der Weltmeere um achtzehn Zentimeter gestiegen ist, das erzählen sie nicht. In zehn Tagen sind die Aufbereitungsanlagen an den Küsten alle abgesoffen – alle!«

Niemand widersprach, denn sie wußten, daß der andere recht hatte. Im Südpolbereich herrschten chaotische Zustände. Die Eismassen zerflossen. Unvorstellbare Wasserströme ergossen sich in allen Richtungen ins Meer.

Und die Eisfelder des Nordpols?

Grönland war wieder Grünland geworden. Die einzige auf Grönland noch existierende Eisfläche hatte nur eine Größe von 1300 Quadratkilometern, und es war damit zu rechnen, daß sie in fünf Tagen nicht mehr vorhanden war.

Abgeschmolzen! Abgebrochen. Hunderttausend und mehr Eisberge erzählten davon.

Und der Wasserspiegel aller Weltmeere stieg von Stunde zu Stunde. Die Gefahr, daß sämtliche Küstenstädte überflutet wurden, wuchs mit dem Ansteigen der Fluten.

Der große Bildschirm an der Wand flammte auf.

Durchsage einer internen Nachricht, die nicht für die Öffentlichkeit bestimmt war.

Das Leduc-Wasserwerk am Mont Blanc ist vor einer Stunde stillgelegt worden.

Jemand sagte: »Amen!«

Europas drittgrößtes Wasserwerk arbeitete nicht mehr.

*

Die Ortungen der TOLIMAN arbeiteten. Funker Hull angelte auf allen Frequenzen, um möglichst viele Nachrichten hereinzubekommen. Schnell jedoch hatte er erkennen müssen, daß damit nicht viel anzufangen war, denn jede war mehr oder weniger verfälscht und gab nur einen Teil der Wahrheit bekannt.

Captain Paja warf wieder einen Blick auf den großen Bildschirm seiner Zentrale, drehte sich nach Ax Torrner um, der seit geraumer Zeit schweigend neben ihm stand, und sagte: »So habe ich diesen Teil der Erde noch nie gesehen. Weit und breit keine einzige Wolke. Grau und braun dominieren. Die Städte wie große, trostlos schwarze Flecken. Verdorrte Wälder, verbranntes Land. Und das tatsächlich seit Monaten schon?«

»Ja, wenn Sie damit die Sonneneinstrahlung meinen, Paja«, erwiderte der Wissenschaftler ruhig, den seine Kollegen auf der Erde für einen Narren hielten. »Ich bin kein Meteorologe und kann deshalb nicht einmal vermuten, warum über einem guten Drittel der Mutter Erde diese extremen Wetterverhältnisse herrschen – ja, wie sie überhaupt entstehen konnten!«

Im flachen Winkel flog die TOLIMAN aus dem Parkorbit kommend den Sandkasten Sahara an. Das Wüstenmeer hatte sich, wie die Karten es bewiesen, nicht verändert, ihm machte die Trockenheit nichts aus.

Da schlug die Energieortung an. Die Automatik griff ein und erfaßte die Punktquellen. Die Blips auf dem Schirm veränderten sich schlagartig und blieben bei einem bestimmten Aussehen konstant.

»Raum-Gleiter, Sir! Großer Himmel, wer veranstaltet denn über der Sahara ein Manöver?« Pajas Frage war berechtigt, denn das Zählwerk neben der Energieortung hatte mehr als vierhundert Gleiter erfaßt, die in dicht gestaffelten Formationen, über dem gesamten Saharagebiet verteilt, sich bewegten.

Ax Torrner fiel eine Kleinigkeit auf.

Und er erinnerte sich an eine bestimmte Sache.

»Haben wir die Wasserkarte der Sahara an Bord, Paja?«

Der blickte ihn entgeistert an. »Eine Wasserkarte der Sahara, Sir?«

»Ja, eine von den unterirdischen Süßwasser-Seen.«

Der Captain schluckte. »Sie meinen . . .?«

»Ich vermute, Paja.«

Torrners Vermutung stimmte. Die Gleiter-Formationen bewegten sich alle über den Sektoren, unter denen sich die gewaltigen Wasservorräte befanden, die zum Teil aus der letzten Eiszeit stammten.

Eine Sirene stimmte in der Zentrale ihr häßlich klingendes Lied an.

Eine Bodenstation hatte die TOLIMAN erfaßt. Keine zehn Sekunden später gab der Funker durch, daß die afrikanische Station das Schiff aufgefordert habe, das Saharagebiet sofort zu verlassen.

Ax Torrner hatte nicht einmal ein Lächeln dafür übrig. »Die einen wollen uns auf dem Mond sehen, und diese hier wollen auch nicht viel von uns wissen. Was schlagen Sie vor, Paja?«

»Aufforderung ignorieren, Sir.«

»Okay, dann weiterhin Kurs auf Oase Er'riad! Ich sehe inzwischen noch einmal nach unserem Sorgenkind.«

»Sorgenkind«, murmelte der Captain und strich über sein Kinn. »Sorgenkind.« Er hatte nicht geglaubt, daß sie damit bis zum Sol-System kommen würden. Außer Torrner war niemand an Bord solch ein Optimist gewesen. Und dann hatte der es doch geschafft. Daran dachte Torrner wieder. Etwas wie Triumph leuchtete in seinen Augen auf, und plötzlich interessierten ihn diese Gleiter-Formationen gar nicht mehr.

In der Verständigung knackte es. Die kleine Ortungs-Zentrale gab durch:

»TOLIMAN von Fernortung erfaßt. Den Amplituden nach müßten sie von großen Raumjägern stammen, die unser Schiff nicht mehr loslassen.«

Captain Paja gab nicht viel darum. »Das sind bestimmt die Schiffe, die uns zum Mond begleiten sollen. Ausgangspunkt der Fernortung erkannt?«

»Ja. Nördlicher Bereich des Mittelmeeres in Höhe der französischen Bucht.«

»Ignorieren. Ende!«

Paja warf seinem schweigenden Ersten einen forschenden Blick zu und nickte kaum merklich. Auf den Mann war Verlaß. Wann war er schon einmal aus der Ruhe gebracht worden? Paja konnte sich dessen nicht erinnern.

Die TOLIMAN passierte die Heluh-Wellen, die erst in den letzten zehn Jahren entstanden waren. Ein Gebiet, größer als Frankreich, und ein einziges erstarrtes Meer aus Sandwellen, die sich dennoch langsam nach Norden schoben und alles unter sich begruben.

Bis jetzt war es noch keinem Geologen gelungen, das Entstehen der Heluh-Wellen zu erklären.

Die Gleiter-Formationen blieben hinter dem kleinen Raumschiff zurück. Ein Blick auf die Karte sagte Paja, daß das Gebiet der unterirdischen Süßwasserseen hinter ihnen lag.

»Captain, afrikanische Bodenstation hat Schiff aus der Ortung entlassen.«

Paja nickte. Das Kommando der Manöver-Streitkräfte interessierte sich für ein Schiff nicht mehr, das sich außerhalb seiner unterirdischen Wasservorräte bewegte.

Ax Torrner kam in den Leitstand zurück.

»Unser Sorgenkind benimmt sich noch gesittet«, sagte er kurz.

»Wie lange noch, Sir?«

Der wich einer direkten Antwort aus. »Wir haben noch ein paar Stunden Zeit, und bis dahin . . .« Der Rest des Satzes blieb ungesagt.

Auf dem Bildschirm tauchte die verlassene Oase Er'riad auf.

Die TOLIMAN befand sich 648 Kilometer darüber.

»Runter, Paja!«

Im gebremsten Fall, von Antigrav-Kräften gesteuert, fiel das Schiff in die Tiefe. Die Andrucksausgleicher wurden automatisch höher gefahren, während das Triebwerk des Schiffes auf Wartestellung gesetzt worden war. Über dem Bildschirm schien die Sahara direkt in den Leitstand der TOLIMAN hineinzufliegen.

»Sir, Bohrstellen! Verdammt!«

Maximale Vergrößerung holte drei Bohrtürme herein, und auf allen drei Plattformen wurde gearbeitet.

Fragend blickten sich Torrner und Paja an. Unter dem Schiff breitete sich eine gewaltige Mulde aus, in dessen Mittelpunkt die verlassene Oase lag. Einen besseren Platz für ihr Experiment kannten sie nicht. Aber ausgerechnet in diesem Gebiet mußten drei Crews nach Wasser oder Erdöl bohren.

»Paja, wir haben noch drei Stunden und zehn Minuten zur Verfügung. Bis dahin müssen wir unser Sorgenkind losgeworden sein.«

Der Captain verstand ihn. »Hoffentlich spuren die Burschen dort unten, wenn wir sie auffordern, schnellstens die Stellung zu räumen.«

»Und hoffentlich schicken sie uns keine Schiffe der terranischen Flotte auf den Hals, denn auf einen Zwischenfall erster Klasse möchte ich es nicht ankommen lassen.«

Der Erste Offizier hatte sich mit der Funkzentrale schon in Verbindung gesetzt und gab Hull die Order durch, unverzüglich die drei Bohrteams zum Verlassen ihrer Arbeitsstellen aufzufordern, andernfalls sie Gefahr liefen, zu ertrinken.

Paja schaltete die Triebwerke des Raumers hoch. Die TOLIMAN, immer noch fallend, änderte ihren Kurs und begann über der riesigen Senke Kreise zu ziehen.

Die Stimme des Funkers Hull gellte in der Verständigung auf.

»Im Funk ist der Teufel los. Die Driller haben halb Afrika alarmiert, und feine Worte haben sie für uns nicht übrig.«

Torrner richtete sich ein wenig auf. Für einen Augenblick versteinten seine Gesichtszüge.

»Hull, halten Sie die Ohren steif! Hämmern Sie den Drillern ein, daß sie binnen zehn Minuten in ihren Gleitern sitzen und wenigstens Höhe 150 erreicht haben müßten. Passen Sie aber auch auf, ob bewaffnete Schiffe zu uns unterwegs sind! Ich möchte im letzten Moment nicht zuviel riskieren.«

»Okay Sir, Ohren sind schon steif.«

Die Kreise, die die TOLIMAN zog, deren Fall bei 12 000 Metern abgestoppt worden war, wurden immer größer.

»Sir, eine Bohrstelle wird fluchtartig geräumt«, informierte der Captain den Schiffseigner.

»Gehen Sie bis dicht über den Boden runter, Paja, und rasen Sie dann über die beiden anderen Türme hinweg, daß die Boys glauben, die Fetzen würden ihnen um die Ohren fliegen! Menschenleben will ich nun doch nicht auf meinem Gewissen haben.«

Die Nase der TOLIMAN zeigte für kurze Zeit nach unten – und die Triebwerke wurden stufenlos höher geschaltet. Dann brach das Schiff mit mehr als Mach 5 durch die dichten Luftschichten und flog den ersten Bohrturm an.

Paja, der in seinem Kontursessel saß, verfolgte gelassen, wie meisterhaft sein Erster die TOLIMAN beherrschte, denn keine zehn Meter über der Turmspitze raste ihr Schiff darüber hinweg.

Hinter ihnen war eine gewaltige Sandwolke aufgewirbelt worden, die von Sekunde zu Sekunde größer und turbulenter wurde.

»Nummer zwo«, sagte Paja, als der Funker über die Bordverständigung mitteilte: »Letzte Bohrstelle wird geräumt. Habe Funkorder empfangen, daß alle fluchtartig in die Gleiter gehen sollen. Himmel, wie die Boys uns verfluchen.«

Leise sagte Torrner vor sich hin: »Besser uns verfluchen, als daß sie ertrinken.«

Hull wurde es in seiner Funk-Zentrale unheimlich.

»Sir«, meldete er, »wir haben nicht mehr viel Zeit, denn das Kommando der afrikanischen Sicherheitsstreitkräfte hat gerade acht Abfangjäger in Marsch gesetzt, die uns zur Landung zwingen sollen. Die EURO-Sternverwaltung mischt auch wieder mit und hat den Antrag gestellt, alles zu tun, damit unsere Funksprüche verstümmelt werden. Einige zigtausend Funkamateure, durch ein paar Narren mobilisiert, sind die besten Nachrichtenverbreiter geworden. Das Wort Sternenwasser habe ich noch nie so oft gehört wie in diesen Minuten.«

»Okay, Hull, wir müssen uns überzeugen, ob die dritte Bohrstelle . . .«

Der Erste meldete lakonisch: »Sicht zum dritten Turm wird frei, Besatzung verläßt Arbeitsplatz mit Gleitern.«

Fragend blickte der Captain den Schiffseigner an.

»Dann können wir ja, Paja!«

Die beiden Männer in der Ortungs-Zentrale schliefen auch nicht. Auf ihren Bildschirmen und Oszillos überwachten sie den gesamten Luftraum und den Raum zwischen Erde und Mond, so weit es möglich war.

»Gut, daß die Afrikaner noch zögern, die Hilfe der EURO-Sternverwaltung anzunehmen.«

Der andere deutete auf den sechsten Schirm. »Start von vier Abfangjägern. Kannst du an den Blips den Triebwerkstyp erkennen?«

Der Gefragte nickte. »TU-20er. Lahme Enten . . . Hallo, wir nehmen Fahrt auf!«

Die Triebwerke der TOLIMAN heulten auf. Ihre entfesselten Kräfte waren selbst durch die besten Schallisolationen nicht abzudämpfen. Das Singen der Transformer kam hinzu und dann das für die Speicherbänke typische Jaulen.

Eine Lärmorgie in dem Raumschiff, das senkrecht in die Höhe stieß.

Aber nur für Sekunden.

Negative Beschleunigung stoppte das Schiff in 10 000

Metern Höhe. Gesteuerte Antigrav hielten es dann auf der Stelle.

»Alles okay, Sir«, meldete Paja.

»Ja, alles klar«, echote Ax Torrner. »Was machen unsere Driller?«

Die flüchtenden Bohrleute machten ihm immer noch ein wenig Sorgen.

»Rasen in ihren Gleitern in Richtung Südsüdost davon. Die letzten dürften den Rand der Senke in drei Minuten überflogen haben.«

»Diese Zeitspanne benötigen wir auch . . . Danke, Paja.«

Kontrolle zum Raum, in dem sich ihr Sorgenkind befand.

»Klar zum Katapultieren, Sir!«

»Raum verlassen! Schließen der Schleuse melden! Ich warte!«

Er hatte das Stoppwerk an seinem Chrono betätigt und verfolgte den Springtakt des Zählwerks.

Nach einer Minute und acht Sekunden lief die Nachricht ein, daß Schleuse geschlossen.

Ax Torrner warf dem Ersten einen Blick zu, der ihn nicht bemerkte. Darum mußte er den Mann ansprechen.

»Bodenklappe ist schon geöffnet, Sir.«

Der Erste hatte mal wieder im voraus gehandelt.

»Position, Paja?«

»Stimmt, Sir. – Die letzten Gleiter unter uns verlassen den Bereich der Senke.«

Über den großen Panoramabildschirm sahen sie die gewaltige Öde der Sahara, in der sich die verlassene Oase und die drei Bohrtürme wie Fremdkörper ausmachten.

Funker Hull drängte mit seiner Meldung zur Eile.

»Insgesamt siebzehn Abfangjäger mit Kurs auf uns unterwegs, Sir!«

Torrner lächelte dünn. »Zuschauer können wir brauchen.« Dann hatte sein rechter Daumen das dünne Plastikgitter über einem rotleuchtenden Knopf zerbrochen. Derselbe Daumen drückte den Knopf in die Arretierung.

»Katapultation!« sagte er nur.

Paja und der Erste nickten.

In der Instrumentenkonsole flammte eine Grün-Kontrolle auf.

Ihr Sorgenkind hat die TOLIMAN verlassen.

»Alarmstart!« brummte Captain Paja. Jetzt ließ er es sich nicht nehmen, das Schiff aus 10 000 Metern Höhe in den freien Raum zu jagen.

Ein kleiner grauer Körper, der das Sonnenlicht ununterbrochen reflektierte und damit seine Rotation verriet, stürzte aus der TOLIMAN in die Tiefe. Die maximal arbeitende Bilderfassung des großen Schirmes hielt ihn fest, und auf der Wiedergabe sah es so aus, als ob der Körper sich gar nicht vom Schiff entfernen würde.

Ax Torrner warf wieder einen Blick auf das Stoppwerk seines Chronos. Nur seine schmal gewordenen Lippen verrieten seine innere Erregung. Dann hielt er den Atem an. Kaum hatte er es getan, als auch er die Hände vor die Augen hielt, denn das abgrundlose, lichtlose Loch, das sich unter der TOLIMAN nach allen Seiten mit rasender Schnelligkeit ausdehnte, war für einen Menschen unerträglich.

Das war ihr Sorgenkind gewesen?

*

Tower des Raumhafens EURO-III.

Das Bild auf den Pisten hatte sich kaum verändert. In den letzten vierundzwanzig Stunden war nur zwei Schiffen Startgenehmigung erteilt worden. Der Versuch der anderen, nach Japan, den Philippinen oder Australien ausweichen zu wollen, war durch striktes Startverbot untersagt worden, denn die Ausweichhäfen wurden mit der Masse der dort landenden und startenden Raumer kaum noch fertig.

Roger Fannhild machte wieder Dienst am Hyperfunk-Aggregat, und er bekam aus erster Hand mit, welche Treibjagd sich über Afrika auf die TOLIMAN abspielte, die schlagartig wieder im Blickpunkt der Öffentlichkeit stand.

Dieser Ax Torrner war tatsächlich verrückt. Fannhild

konnte die Driller verstehen, die der Order eines Verrückten gehorchten und fluchtartig ihre Bohrplätze in der Wüste verlassen hatten.

Dieser Zwischenfall wäre wohl nie bekannt geworden, wenn nicht ein paar Amateure diesen Funkverkehr abgehorcht hätten, um dann postwendend über automatischen Rundspruch einige zigtausend Kollegen zu alarmieren.

Sternenwasser!

Auch Roger Fannhild konnte das Wort nicht mehr hören, weil es so verdammt durstig machte. Abermals griff er zu seiner Wasserration im Thermogefäß, obwohl er sich das Versprechen abgegeben hatte, vor zwölf Uhr mittags keinen Schluck zu trinken.

Zum Teufel mit den schönen Vorsätzen.

Er setzte es an die Lippen und nahm einen großen Schluck, um plötzlich und wild das Gefäß von sich zu stoßen. Dann spie er die Flüssigkeit einfach auf den Boden.

Er spuckte noch ein paarmal hinterher, doch der faulige Geschmack im Mund blieb.

Er wischte sich die Lippen ab, verzog sein Gesicht, das Ekel ausdrückte, nahm das Thermogefäß wieder in die Hand und steckte seine Nase in die Öffnung, um zu riechen.

Lysolgeruch ließ ihn den Kopf zurückreißen. Auf seiner Stirn schwoll eine Ader an. Vor zwei Stunden, bei der allgemeinen Wasserausgabe, hatte man ihn übers Ohr gehauern und ihm diese faulige Brühe als Tagesration gegeben.

Wer war dieser Lump, der sich mit seiner Ration einen guten Tag machen wollte? Und war er – Fannhild – allein der Betrogene gewesen?

Er schlug den Knopf der Verständigung in die Arretierung und verlangte Jonas zu sprechen.

»Was? Dein Wasser auch? Hier haben gleich fünf Mann diese stinkende Brühe in ihren Thermogefäßen entdeckt.«

Fannhild beschwerte sich.

Zusammen mit Jonas hörte er die Meldung und konnte nicht fassen, was man ihm und den anderen fünf Mann zumutete.

Eiskalt hatte der Sprecher gerade erklärt, daß der größte Teil der im Tower vorhandenen Wasserration durch ein technisches Versehen verdorben worden sei. Leider aber könne kein Umtausch gegen gutes Wasser vorgenommen werden. Man möge sich freundlicherweise an Kollegen wenden und um Überlassung von etwas Wasser bitten.

»Die haben doch nicht alle Tassen im Schrank«, brüllte Roger Fannhild los. Es fiel ihm gar nicht schwer, sich auszumalen, wie ihm am Nachmittag bei Ende der Schicht zumute sein mochte.

Jonas, sein Freund im Tower-Saal, versuchte ihn zu beruhigen.

»Roger, seit heute früh wird pro Kopfnur noch ein halbes Liter Wasser ausgegeben. Aber wenn in zehn Tagen die Wasser-Pipelines . . .«

»Verschone mich mit diesen Märchen, Jonas! In zehn Tagen haben wir keinen Tropfen Wasser mehr verfügbar als heute. Soll ich dir mal was flüstern, was in der letzten Nacht in Europa geschehen ist? Einundzwanzig Kernkraftwerke mußten abschalten, weil die zur Kühlung erforderlichen Schmutzwassermengen nicht mehr vorhanden waren. Schmutz-was-ser-men-gen, mein Lieber! Und was das heißt, kannst du dir selber ausmalen.«

Über den Bildschirm starrte Jonas seinen Freund entgeistert an. »Sag, daß es nicht wahr ist, Roger!«

»Sorry, den Gefallen kann ich dir nicht . . . Moment, da geht es schon wieder mit der TOLIMAN los!«

Davon wollte Jonas nichts wissen. »Verschone du mich mit diesem verrückten Eierkopf, Roger . . . Hallo, hörst du mir gar nicht mehr zu?«

Selbst darauf bekam er keine Antwort.

Roger Fannhilds ganzes Interesse galt nur noch dem Bericht, der gerade durchkam und von dem Raumschiff TOLIMAN handelte.

Was war da in der Sahara geschehen?

Was, um alles in der Welt?

Sternenwasser – das gab es doch?

Und Ax Torrner war nicht verrückt?

Roger Fannhild hielt sich mit beiden Händen den Kopf

fest. Er ahnte nicht, daß es mit ihm zur gleichen Zeit eine ganze Reihe von anderen Menschen auch tat.

Einer hieß Michel Tonard.

*

Der Abfangjäger der afrikanischen Sicherheitsstreitkräfte jagte im Tiefflug auf das Ziel zu, das auf seinem Ortungsschirm klar zu sehen war. Der Koordinatenrahmen gab zu erkennen, daß die TOLIMAN im Raum auf der Stelle stand und keine Anstalten machte, ihre Position zu ändern.

»Noch zwanzig Minuten, Sir«, sagte der junge Polizei-Lieutenant, der seine wulstigen Lippen aufwarf und überheblich grinste.

»Wenn uns bis dahin die TOLIMAN keinen Streich gespielt hat«, sagte der Major ruhig und dachte an die veralteten Triebwerke seines Schiffes, mit denen wirklich kein Staat mehr zu machen war. »Torrners Schiff verfügt über TUZ-Aggregate. Wenn er es darauf ankommen lassen will, zeigt er uns sein Heck, und wir haben das Nachsehen . . . Nanu, warum beginnt die TOLIMAN nun zu kreisen?«

Sein Raumjäger nahm mit den anderen gestarteten Verbindung auf. Das Kommando der Sicherheitsstreitkräfte mischte sich ein und gab neue Befehle aus. Demnach war die TOLIMAN unter allen Umständen zur Landung zu zwingen. Im Extremfall sollten Strahlenwaffen eingesetzt werden.

Ein unbewaffnetes Schiff mit Waffengewalt angreifen? Dem jungen Polizei-Lieutenant machte es nichts aus, aber seinem Major, der Frau und Kinder hatte und auf seinen Urlaub wartete. Er hätte ihn längst angetreten, wenn die Europäer nicht plötzlich gefordert hätten, ihnen die unterirdisch gelegenen Süßwasserseen in der Sahara zu überlassen, um Europa mit Wasser zu versorgen.

»TOLIMAN auf Steigkurs, Sir!«

In frühestens achtzehn Minuten konnten sie als erster Jäger den Raumer erreichen. Alle anderen befanden sich noch weit hinter ihnen oder hatten eine größere Anflugstrecke vor sich.

»TOLIMAN bleibt auf Höhe 10 000 stehen, Sir!«

Der drehte sich nach seinem Lieutenant um. »Was machen die Driller?«

»Halten mit ihren Gleitern unverändert ihren Kurs bei. Ich verstehe die Männer nicht, die sich so schnell vertreiben ließen.«

»Ich aber. Und warum sollten sie etwas wagen?«

Ein Funkspruch kam durch. Insgesamt siebzehn Abfangjäger waren inzwischen unterwegs, um die TOLIMAN zur Landung zu zwingen.

»Wenn mir bloß ein Mensch sagen könnte, was dieser Wissenschaftler ausgerechnet in diesem gottverlassenen Teil der Sahara plant«, murmelte der Polizei-Major, der seinen Blick vom Ortungsschirm nicht losreißen konnte.

Standort der TOLIMAN unverändert in 10 000 Meter Höhe.

»Wir müßten das Schiff doch schon auf den Schirm bekommen. Schalten Sie auf maximale Vergrößerung! Erfassung nach 3 strich 7, Lieutenant!«

Der wiederholte und kam der Order sofort nach. Wenn der Major ihn mit dem Dienstrang ansprach, herrschte dicke Luft.

Dann tauchte die TOLIMAN, zwar noch etwas unscharf, auf dem kleinen Bildschirm auf. Das Schiff schien sich in seiner luftigen Höhe regelrecht auszuruhen.

Vier andere Abfangjäger meldeten, daß sie nun auch die TOLIMAN auf ihrem Schirm hätten. Danach ereignete sich ein paar Minuten lang nichts.

Die Massen-Ortung stellte den Körper fest, der aus der TOLIMAN flog und in die Tiefe stürzte, aber im Raumjäger rätselte man noch daran herum, was dem Boden zuraste.

Es kam ohne jede Ankündigung.

Wo gerade noch die TOLIMAN zu sehen gewesen war, gab es nun ein lichtloses Loch, das sich mit rasender Geschwindigkeit nach allen Seiten ausbreitete, ohne dadurch an Intensität zu verlieren.

Die Männer im Leitstand des Abfangjägers glaubten

diesen Anblick nicht ertragen zu können, preßten die Hände vor die Augen und stöhnten hemmungslos und laut auf.

Der Major war der erste, der sich seiner Pflichten erinnerte, die Hände sinken ließ und so Augenzeuge eines Vorganges wurde, wie ihn die Erde noch nie gesehen hatte.

Aus dieser lichtlosen Explosion schälte sich etwas anderes heraus, etwas, das unvorstellbar groß war, dazu in die Breite ging, oben immer spitzer wurde und unten sich nach allen Seiten ausdehnte. Und rundherum, wo es dieses Etwas noch nicht gab, stießen aufgewirbelte Sandmassen, die Abermillionen Tonnen ausmachen mußten, in den glühendheißen Tag und drohten die Sonne zu verdunkeln.

Mitten in der lichtlosen Explosion war ein Berg entstanden.

Ein Berg aus Wasser!

Und dieser Wasserberg fiel nun mit rasender Geschwindigkeit in sich zusammen, um sich dabei gleichzeitig in alle Richtungen hin auszubreiten.

Wasser?

Hinter der Stirn des schwarzhäutigen Afrikaners kam kein klares Bild zustande, denn der Mann konnte nicht begreifen, was die Bildschirme ihn sehen ließen.

Wasser in der Sahara?

Ein Wasserberg, mehrere tausend Meter hoch und nun schon eine gigantische Woge, die den sonnengedörrten Sand, den Jahrtausende ausgetrocknet hatten, unter sich begrub!

Wasser?

Sternenwasser?

Ax Torrners Sternenwasser!

Und dieses Sternenwasser holte die Sandstaubwolken ein und riß sie zu Boden. Mit einer Schnelligkeit, die kaum zu beschreiben, noch weniger aber zu glauben war, wurde die Sicht wieder klar. Ungehemmt brannte das Sonnenlicht auf die Sahara herunter, die von einem Moment zum anderen einen See besaß, der sich mit unverminderter Geschwindigkeit nach allen Seiten ausbreitete und längst das

Gebiet der riesigen, aber flachen Senke hinter sich gelassen hatte.

»Was gibt es?« brüllte eine sonore Stimme über Bildfunk. »Sie wollen einen See sehen, Major? Sind Sie verrückt geworden?«

Der Kommandant des Abfangjägers ließ sich auf eine Diskussion mit dem Stabsoffizier in der Zentrale gar nicht ein. Mit einem Griff hatte er die Bilderfassung auf Funk geschaltet, und nun hatte dieser Offizier selbst das Vergnügen, sich den neuerstandenen See anzuschauen.

Und wie lange blieb es nun auf der Frequenz still.

Wie lange!

»Major, und – und – und die TOLIMAN?«

Daran hatte der auch nicht mehr gedacht.

»Die TOLIMAN?«

»Ja, zum Teufel, TOLIMAN und Ax Torrner. Bei allen Sternen, dieser See breitet sich ja immer noch mit der gleichen Geschwindigkeit aus . . . Major! Landen! Landen Sie! Die TOLIMAN interessiert im Moment nicht, Nehmen Sie Wasserproben an Bord! Wir müssen wissen, welches höllische Sternenwasser dieser wahnsinnig gewordene Torrner in die Sahara gezaubert hat . . . He, Mann, Major! Wollen Sie mir mal Ihr dummes Lachen erklären? Major, ich befehle Ihnen . . .«

Der kam langsam wieder zu sich und schloß den Mund. Er machte mit der Hand eine eindeutige Bewegung, die den anderen schweigen hieß, und sagte: »Sie haben wohl Angst, das Wasser könne binnen einer halben Stunde im Boden versickern? Ich habe diese Angst nicht, denn . . .« Er schluckte. »Denn ich schätze die Wassertiefe, wie sie im Moment besteht, auf gut hundert Meter.«

»Hundert?« Echo aus dem Generalstab.

»Hundert! Wenn die atmosphärischen Verhältnisse sich draußen etwas beruhigt haben, schicke ich einige Sonden aus, um Wasserproben zu entnehmen. Eine Landung auf diesem tiefen See dürfte nicht ratsam sein. Oder wollen Sie die Verantwortung für mein Schiff übernehmen, Sir?«

Der andere wollte nicht.

»Entscheiden Sie!«

Der Major bedankte sich nicht einmal.

»Major, lassen Sie den Bildfunk stehen! Wir strahlen Ihre Sendung jetzt schon nach Europa, Asien . . .«

Das Gurgeln des Majors unterbrach den Redeschwall des Stabsoffiziers.

»Sind Sie denn von allen guten Geistern verlassen, Sir?« fauchte der Major, ohne Rücksicht darauf zu nehmen, einen Stabsoffizier vor sich zu haben. »Europa verdurstet und über TV wird den verdurstenden Menschen bewiesen, daß Ax Torrner doch kein Vollidiot war, als er Europa Trinkwasser für zwei Monate anbot.«

»Er hätte Europa mit seiner Sternenwasserflut ersäuft, Major!« blaffte der Mann im Generalstab zurück.

»Diese Dummheit traue ich Torrner jetzt nicht mehr zu. Wenn ich meine Bildschirme betrachte, habe ich bei so viel Wasser unter mir das Gefühl, mit meinem Abfangjäger über dem Atlanktik zu sein. Bei allen Sternen, wieso konnten diese Wassermassen sich in der kleinen TOLIMAN befinden?«

Aus dem Generalstab kam keine Antwort mehr. Dort hatte man abgeschaltet.

Und ein Major der afrikanischen Sicherheitsstreitkräfte kreuzte mit seinem Abfangjäger über einem See mitten in der Sahara, der vor wenigen Minuten noch nicht existent gewesen war.

Sah er tatsächlich Sternenwasser?

Und was war Sternenwasser?

*

In der Geophysic Central in Palmer City lief die TV-Sendung von Bord eines afrikanischen Abfangjägers zum fünftenmal ab, und dann herrschte immer noch Schweigen, als die Projektion sich ausgeschaltet hatte.

Ratlose Wissenschaftler saßen zusammen, die keine Erklärung dafür fanden, was sie gesehen hatten.

Letzte Nachricht aus dem Saharagebiet: Der neue See breitet sich nach wie vor weiter aus. Letzte Messungen ergaben eine Wassertiefe von durchschnittlich siebzig

Meter. Strömungsgeschwindigkeit des Wassers inzwischen auf hundertdreißig Kilometer pro Stunde gesunken. Der Wasserberg im Zentrum besitzt immer noch eine Höhe von zweihundertdreißig Metern. Seine Sinkgeschwindigkeit hat in der letzten halben Stunde bedeutend nachgelassen.

Die Stimme des Nachrichtensprechers war verstummt. Im Projektionssaal der GC beherrschte die Stille wieder das Feld.

Ein Wasserberg im Mittelpunkt des Sees, und er hatte noch eine Höhe von zweihundertdreißig Metern!

Wie hoch war dann dieser Wasserberg gewesen, als es um ihn herum noch keinen See gegeben hatte?

Von den Afrikanern war darüber nichts zu erfahren. Sie hatten plötzlich alle Luken dichtgemacht und behandelten diesen rätselhaften Fall, als gälte es, ein wichtiges Staatsgeheimnis zu bewahren.

Aber die Fotos der Wettersatelliten mußten doch diese Fragen beantworten können.

Dabei gab es sie schon in der GC.

Sie lagen Hela Egs vor, der Meteorologin und Geophysikerin. Satellit 23-17 hatte sie nach Palmer City gefunkt. Gestochen scharfe Bilder.

Sie war die erste in der Geophysic Central, die im Zeitlupentempo das Entstehen eines Sees von kontinentalen Dimensionen mitten in der wasserlosen Sahara miterlebte.

Sie sah auf mehreren Fotos auch diesen gigantischen Wasserberg frei in der Luft stehen, noch ohne jeden Kontakt mit dem Boden.

»Torrner«, murmelte Hela Egs. Auf ihrem Stupsnäschen entstanden ein paar Falten. »Wie hast du das gemacht?«

Wenig später wurde diese Frage tausendfach wiederholt. Der einzige, der darauf hätte antworten können, schwieg. Irgendwo im Sol-System zwischen den Planeten befand sich die TOLIMAN und antwortete auf keinen einzigen Hyperfunkruf.

Helga Egs schaltete auf das nächste Bild.

Es zeigte den Bodenkontakt des Wasserbergs. Aber es

war ein Berg, der binnen Sekunden sein Volumen verhundertfacht hatte. Oder sogar vertausendfacht?

Wasser mit veränderlichem Volumen?

Etwas in ihr sträubte sich bei dieser Frage.

Aber Torrners Wasser war ja kein normales Wasser, es war seinen eigenen Angaben nach Sternenwasser.

»Sternenwasser?« Das Wort tat ihr schon weh.

Das nächste Bild in die Projektion.

Der Wasserberg war noch größer, noch breiter geworden. Aber dort, wo er schon mit der Wüste Berührung hatte, begann er sich nach allen Seiten auszubreiten.

Wo waren die Daten zu diesem Bild?

Hela Egs hielt den Atem an, als sie die Werte las.

Sie benötigte den Computer nicht. Eine Folie und ein Stift halfen ihr bei den Berechnungen.

Höhe rund achttausend Meter, Durchschnittswert des Riesenwassertropfens zirka vierhundertdreißig Meter.

Inhalt: Grundkreis mal Höhe!

»Verrückt!« Sie warf den Stift zur Seite. Die Wassermenge, die sie gerade rechnerisch festgelegt hatte, konnte höchstens eine Pfütze in der Sahara entstehen lassen, aber keinen See von kontinentalen Dimensionen.

Ihr Kollege und Freund Henn mußte herüberkommen und ihr helfen. Sie drohte am eigenen Verstand zu zweifeln.

Henn kam, und sie schob ihm die Daten und das Satellitenfoto zu. »Versuch du's! Vielleicht kommst du damit klar. Ich nicht, Henn.«

Der gab noch schneller auf als sie.

»Hela, das ist idiotisch, oder die Satellitendaten stimmen nicht.«

Da kamen die Angaben und Fotos von 23-9 herein. Der Umläufer hatte nicht den günstigen Standort wie 23-17 gehabt, aber dennoch war die Bildqualität nicht zu beanstanden.

Die beiden Experten stürzten sich über die Daten.

Satellit 23-9 hatte die Höhe der Wassersäule ebenfalls mit achttausend Metern festgelegt und ihren mittleren Durchmesser mit vierhundertfünfunddreißig Metern.

Inhalt: Grundkreis mal Höhe!

»Herr des Himmels«, seufzte Henn, »ich werde noch wahnsinnig.«

Hela Egs hatte inzwischen die anderen Daten studiert, stieß ihren Freund an und sagte: »Henn, es kommt noch schlimmer. Die Wasserwand, die auf diesem Foto so gut zu sehen ist, hat hier nur noch eine Höhe von zweihundertneunzig Metern. Der Durchmesser der sich ausdehnenden Fläche beträgt aber schon acht Kilometer. Höhe der Wassersäule noch fünfhundertdrei Meter, bei einem Durchmesser von vierhundertachtzig Metern. Kannst du mir noch geistig folgen?«

Henn riß ihr die Folie aus der Hand, warf einen Blick darauf und fluchte unbeherrscht. »Zum Teufel, welchen Höllenstoff hat denn dieser verdammt Torrner als Wasser über die Sahara kommen lassen? Wasser mit diesen Eigenschaften gibt es doch gar nicht.«

»Und die lichtlose Explosion, bevor plötzlich dieser Wasserberg in der Luft existierte, lieber Henn?« erinnerte ihn Hela Egs.

Er schüttelte den Kopf, drehte das Foto hin und her und gab zu, in seinem ganzen Leben noch nie so ratlos gewesen zu sein.

»Henn«, fuhr Hela mit impertinenter Hartnäckigkeit fort, »die Stürme, die durch das sich blitzartig ausbreitende Wasser entstanden sind, haben ein halbes Hundert Oasen verwüstet und jagen zur Zeit nach allen Richtungen über den afrikanischen Kontinent.«

Hatte er das gar nicht mehr gehört?

»Sternenwasser«, murmelte er, »Sternenwasser, mit dem Ax Torrner halb Europa hätte ertränken können. Und das alles in seinem kleinen Raumschiff?« Er war aufgesprungen. »Hela, das gibt es doch nicht. Das kann und darf es nicht geben.«

»Ja«, sagte sie ungerührt, »das darf es nicht geben. Nur die halbe Sahara ist ein gigantischer Süßwassersee geworden, und den gibt es, Henn.«

Der schob alle Unterlagen von sich. »Der Teufel soll's holen! Ich zerbreche mir nicht länger den Kopf. Sag mir

Bescheid, wenn in der Sahara wieder normale Zustände herrschen.«

Damit stampfte er hinaus und warf ihr keinen einzigen Blick mehr zu.

*

Ren Dhark saß in seinem Flash 001 – einem der Beiboote aus seinem Ringraumer POINT OF –, um den sich inzwischen die unglaublichsten Stories rankten. Mit Recht konnte man sagen, daß die Flash' die häßlichsten Mini-Raumboote waren, die jemals im freien Raum sich bewegt hatten. Aber wiederum gab es keine zweite Serie, die ähnliche phantastische Fähigkeiten aufzuweisen hatte wie diese rund drei Meter langen zylinderförmigen Boote mit einem Durchmesser von einem Meter zwanzig. Vorn und hinten waren sie leicht abgerundet. Ein Einstieg war an ihnen nicht zu sehen. Natürlich gab es ihn. Wer davor stand, brauchte sich nur intensiv zu wünschen, einsteigen zu wollen und die verborgenen Flügeltüren des Flash öffneten sich.

Die Mysterious, ihre Erbauer, hatten noch über fünfzig schier unfaßbare technische Geheimnisse diesen häßlichen Flugkörpern mitgegeben, die sich im freien Raum – genau wie die POINT OF – im Schutz ihres Intervallfeldes bewegten, einem Mini-Kontinuum mit eigenen Dimensionen.

Das alles hörte sich für einen Laien unglaublich an. Für die Besatzung der POINT OF waren es Alltäglichkeiten, über die niemand mehr sprach oder sich Gedanken machte.

In Ren Dharks Flash lief wie gewohnt der Empfang. Es gehörte zu seinen Eigenheiten, als Sternverwalter immer und überall erreichbar zu sein. Um den Kurs seines Beibootes brauchte er sich nicht zu kümmern. Seine Gedankenimpulse hatten der Flash-Steuerung mitgeteilt, daß Alamo Gordo sein Ziel sei, und der Flash würde ihn auf dem Flachdach des höchsten Gebäudes der Weltstadt sicher landen.

Sein Gespräch mit den leitenden Ingenieuren der Terranischen Flotte war erfolglos verlaufen. Kurzfristig gab es keine Möglichkeit, das verdurstende Eurasien mit Trinkwasser zu versorgen. Was mittels Tank-Raumschiffen vom ertrinkenden Amerika zur anderen Seite des Atlantiks geschafft werden konnte, war buchstäblich ein Tropfen auf den heißen Stein. Die Dürrekatastrophe hatte inzwischen ein Ausmaß angenommen, das menschliche Vorstellungskraft sprengte.

Wenn die Talminer uns hätten helfen können, dachte Ren Dhark, als der Bildschirm vor ihm aufflammte und das Gesicht seines Geheimdienst-Chefs Bernd Eylers zu erkennen war.

Eylers hielt sich mit Vorreden nicht auf.

»Sir, Sie befinden sich auf dem Rückflug nach Alamo Gordo?«

Dhark ahnte, daß Eylers ihm Wichtiges mitzuteilen hatte.

»Ja«, sagte er knapp.

»Dann bremsen Sie Ihre 001 ab, Sir, damit Sie nicht zu früh auf dem Flachdach landen! Ich habe Ihnen einen unglaublichen Tatsachenfilm durchzuspielen.«

Der Film lief schon ab. Ein erregt sprechender Mann kommentierte die einzelnen, phantastischen Szenen.

»Torrners Sternenwasser war kein Hirngespinst. Achten Sie auf den winzigen, festen Körper, der in ein paar Sekunden aus der TOLIMAN fällt und in die Tiefe stürzen wird! Noch zwei Sekunden . . . Noch eine . . . Jetzt!«

Ein kleiner grauer Körper stürzte wirbelnd in die Tiefe. Trotz seines stumpfen Aussehens blitzte er im grellen Sonnenlicht hin und wieder wie ein Diamant auf. Unter ihm breitete sich die Sahara mit ihrer unbeschreiblichen Verlassenheit aus. Die kleine Oase war in diesem Sandmeer kein Blickfang.

Dharks Instinkt war hellwach. Innerlich war er auf alles vorbereitet. Aber was er in diesem 4-D-Film zu sehen bekam, ließ seine Augen unnatürlich groß werden. Er reagierte ganz normal.

»Nein!« stieß er aus, als das abgrundlose und lichtlose

Loch unter der TOLIMAN sich blitzartig nach allen Seiten ausbreitete und er vor Entsetzen und Qualen die Hände vor seine Augen preßte, um das Furchtbare nicht mehr sehen zu müssen.

Die Stimme des Kommentators war verstummt. Der Mann ließ den kräfteverzehrenden Effekt erst einmal abklingen. Ren Dhark hatte binnen Sekunden den leichten Schock überwunden. Der Film war in der Zwischenzeit weitergelaufen. Er brachte das, was die Besatzung des afrikanischen Abfangjägers bei ihrem Anflug auf die Position der TOLIMAN hatte beobachten müssen.

Torrner! dachte Ren Dhark, und immer wieder diesen Namen. Ax Torrner, wir haben dir unrecht getan. Ich auch. Wir haben dich verkannt.

»Großer Himmel«, flüsterte er und hatte nur noch Augen für das Geschehen auf dem Bildschirm in seinem Flash 001. Hinter seiner Stirn flammten Schmerzen auf, als er begreifen sollte, was er sich ansehen mußte.

Aus dem grauen, kleinen Nichts, das über der Sahara aus der TOLIMAN in die Tiefe gestürzt war, hatte sich nach dem lichtlos-abgrundlosen Loch eine Wassersäule entwickelt, die dem Sandmeer entgegenraste.

Das graue Nichts war zu Wasser geworden!

Ein Etwas – war es wirklich größer als sein Flash? – hatte sich nach einer lautlosen Explosion in Wasser verwandelt.

In Sternenwasser?

Ren Dhark rauchte und nahm es bewußt nicht wahr. Über eine andere Phase meldete sich Dan. Ren Dhark ließ den Freund nicht zu Wort kommen.

»Ich sehe mir gerade den Film über Torrners Sternenwasser an. Bleib auf der Phase, wenn du willst, Dan.«

Er blieb.

Dhark erkannte nun, daß er inzwischen Szenen betrachtete, die von den Wettersatelliten festgehalten worden waren.

Ein gewaltiger Süßwassersee hatte die Grenzen der Senke längst überschritten und breitete sich nach allen Seiten aus. Weit vor sich her jagte er die Luftmassen, die ihm Platz zu machen hatten und die mit ihren tornadostarken Turbulenzen Abermillionen Tonnen Sand mit sich rissen.

»Die Geschwindigkeit, mit der sich Torrners Sternenwasser nach allen Seiten ausdehnte, beträgt immer noch mehr als hundert Kilometer in der Stunde. Die Wasserfront weist eine Höhe von achtunddreißig bis vierzig Metern auf. Der Wasserberg im Zentrum ist bis auf hundertneunzig Meter zusammengefallen. Laut Computer-Angaben wächst das Volumen des Sternenwassers immer noch – ein Vorgang, der allen physikalischen Gesetzen Hohn spricht.«

Ren Dhark nickte, dennoch hatte diese Tatsache für ihn nur zweitrangige Bedeutung.

Sternenwasser – das war die Rettung für Eurasien, den afrikanischen Mittelmeerraum und Teile des Orients.

Ax Torrner und sein Sternenwasser konnten und mußten die Katastrophe abwenden!

Er hatte genug von dem 4-D-Film gesehen. Bestand die Verbindung zu Dan noch? Der meldete sich sofort.

»Ich sitze inzwischen in deinem Arbeitszimmer mit Eylers zusammen, Ren. Wir beide . . .«

Er unterbrach Riker. »Die Neuigkeiten kannst du mir mitteilen, wenn ich bei euch bin. Ich lande in ein paar Minuten.«

Keine Viertelstunde später betrat Ren Dhark sein großes Arbeitszimmer, das nur ein Stockwerk tiefer als das Landedach des Stielhochhauses lag. Er nahm in einem Sessel Platz, schenkte sich einen Whisky ein und fragte, bevor er trank: »Wo ist Torrner?«

»Wird noch gesucht«, antwortete Dan. »Er hat mit Trick Nummer eins aus der Mottenkiste gearbeitet und tatsächlich Erfolg damit gehabt. Hat sich mit seiner TOMILIAN an einen aus dem System fliegenden Raumer gehängt, um dann hinter Jupiter aus seinem Schatten zu verschwinden.«

»Ist aber noch im Solsystem?«

Dan und Geheimdienst-Chef Bernd Eylers nickten.

»Warum besteht noch kein Funkkontakt zu Torrner?«

Dharks Stimme hatte einen metallischen Klang bekommen und erinnerte damit die beiden Männer in seinem Arbeitszimmer an jene abenteuerlichen Zeiten, als sie mit der POINT OF das Sternenmeer der Milchstraße durchquert hatten.

»Weil Torrner sich noch ausschweigt, Ren. Ich habe weitere Erkundigungen über ihn einholen lassen. Ax Torrner soll unter bestimmten Umständen ein Musterexemplar an Sturheit sein.«

»Und diese bestimmten Umstände hat es im Zusammenhang mit seinem Sternenwasser gegeben?« fragte der Sternverwalter.

»Ja, leider. Aber soll man anderen deswegen Vorwürfe machen, Ren? Hättest du selbst Torrner nicht auch für verrückt erklärt, wenn er dir mit seinem Sternenwasser gekommen wäre?«

Ren Dharks Blick glitt von einem zum anderen und landete zum Schluß bei Dan.

»Nein, das hätte ich nicht. Ich hätte mir zuerst einmal etwas mehr über sein Sternenwasser erzählen lassen. Wer in Paris bei der EURO versucht nun den Kontakt zu Torrner wieder herzustellen?«

»Michel Tonard, Ren. Du kennst ihn. Daß er Torrners Angebot nicht ernstgenommen hat, deswegen kann man ihm keinen Vorwurf machen.«

»Er soll die Scharte auswetzen«, erwiderte Dhark. »Verdammt noch mal, es geht doch um s e i n Eurasien. Hoffentlich ist jetzt nicht alles viel zu spät.«

Ren Dhark als Pessimist war eine Rarität. Er hatte sich zum Panoramafenster begeben. Hinter seiner Stirn rasten die Gedanken. Torrners Sternenwasser bedeutete die Rettung für Eurasien, den nahen Orient und das nördliche . . .

Er schüttelte den Kopf, Afrika war von der Wassernot nicht mehr bedroht. Wahrscheinlich brauchte es nun nicht einmal mehr seine unterirdischen Wasserreserven – Relikte aus der letzten Eiszeit der Erde – anzuzapfen.

Es konnte aus dem vollen schöpfen, während das hochindustrialisierte Eurasien vor Durst vor die Hunde ging und dazu im Küstenbereich von den unaufhörlich ansteigenden Fluten des Ozeans überschwemmt wurde. Das gleiche Schicksal drohte aber auch allen anderen Riesenstädten nah der Küste: New York war ebenso bedroht wie Tokio, Kapstadt oder Rio. Die Region Holland würde verschwinden, mit ihr das Ruhrgebiet. Die großen Städte Australiens . . .

Ren Dhark wollte nicht länger darüber nachdenken. Terra raste einer Katastrophe entgegen, und der Mensch, der den Weg zu den Sternen gefunden hatte, der mit seinen furchtbaren Waffen Planeten in Stücke reißen konnte, stand jetzt hilflos diesen Naturereignissen gegenüber. Er war weder in der Lage, den Regen über Amerika abzustellen, noch es endlich über Eurasien wieder regnen zu lassen.

Das Wetter ließ sich immer noch nicht manipulieren.

Der Mensch mußte zusehen, wie der Wasserspiegel der Weltenmeere aufgrund der abschmelzenden Pol-Massen unaufhörlich stieg.

Ren Dhark atmete tief durch. Plötzlich fühlte er, daß Dan Riker und Bernd Eylers hinter seinem Rücken ihn anstarrten. Ahnten sie, daß er in diesem Moment eine schwerwiegende Entscheidung getroffen hatte?

Er drehte sich um. Das Gefühl, innerlich erstarrt zu sein, wurde beinahe übermächtig. Als Sternverwalter der Föderation kam er sich gar nicht großartig vor. Im Gegenteil, die Last der Verantwortung drohte ihn zu erdrücken.

Wie oft schon in seinem relativ jungen Leben hatte er ähnliche, folgenschwere Entschlüsse treffen müssen?

Er räusperte sich nicht einmal. Sein Blick umfaßte seinen Freund Dan und Bernd Eylers. »Allen Warnungen der Experten zum Trotz werde ich anordnen, daß man im Bereich des Nord- und Südpols Kältebomben einsetzt, um dem ununterbrochenen Kalben der Gletscher eine Ende zu bereiten. Wir können doch nicht einfach zulassen, daß alle flachen Küstenregionen überflutet werden.«

Dan Riker, der die Gutachten ebensogut kannte wie Ren Dhark, duckte sich unwillkürlich, als er warnend sagte: »Ren, inzwischen treibt schon ein Siebtel oder Achtel der Poleismassen als Eisberg auf den Ozeanen herum. Dafür kommt der Einsatz der Kältebomben zu spät. Als Kältequellen sind sie dabei, die klimatischen Verhältnisse auf der Erde zu beeinflussen. Sie können, wenn das Schlimmste eintritt, Terra unterkühlen. Ren, darum haben die Experten davon abgeraten, die Kältebomben einzusetzen, denn sie lassen es dann auf der Erde noch kälter werden. Und was ein Grad Celsius Abnahme am Durchschnittswert für unsere Erde bedeutet, das . . .«

»Das weiß ich, Dan!« fiel Ren Dhark seinem Freund erregt ins Wort. »Aber . . .« Seine Stimme wurde lauter, und sein Gesicht rötete sich ein wenig. »Hast du denn vergessen, daß die großen Aufbereitungsanlagen an den eurasischen Küsten, die aus Meerwasser Süßwasser machen, samt ihren Kernkraftwerken ersaufen, wenn wir jetzt in letzter Minute nicht eingreifen?«

Seine Frage blieb im Raum hängen.

Cent Field, die größte Hyperfunkstation Terras, meldete sich. Das Vipho auf Ren Dharks Schreibtisch zeigte sein Bereitschaftszeichen. »Mr. Riker?« fragte eine sonor klingende Männerstimme.

Dan Riker meldete sich.

Cent Field gab durch:

»Der EURO-Sternverwaltung in Paris ist es bis jetzt nicht gelungen, mit Ax Torrner in Funkverbindung zu treten. Nach übereinstimmenden Aussagen der solaren Raumkontrolle hat die TOLIMAN unser System nicht verlassen, doch nach wie vor weiß man nicht, wo Torrners Raumschiff steckt.«

Mit großen Schritten hatte Ren Dhark seinen Schreibtisch erreicht, befand sich im Erfassungswinkel des Viphoauges. Sein Konterfei war im selben Moment auf einem der großen Bildschirme in der Hyperfunkstation in Cent Field zu sehen.

»Wie lauten die Nachrichten aus Eurasien, nachdem Torrner über der Sahara sein Experiment mit dem Sternenwasser gemacht hat?«

»Sir«, sagte der Mann in der Hyperfunkstation, »aus Eurasien kommen nur noch Katastrophennachrichten. Der Name Ax Torrner ist zum Schlachtruf geworden. Die

TV-Bilder aus der Sahara mit ihrem gigantischen See, der sich immer noch nach allen Seiten rasend schnell ausbreitet, haben die Menschen auf die Straße getrieben. Die Nachrichtensperre aus der afrikanischen Region ist viel zu spät angeordnet worden. Sie öffnete nun der Flüsterpropaganda und allen möglichen Spekulationen Tür und Tor. Die Sicherheitsstreitkräfte befinden sich an mehr als fünfhundert Stellen im blutigen Einsatz.«

»Krieg? Bürgerkrieg in . . .?« Ren Dhark vollendete seine Frage nicht.

Der Mann in der Hyperfunkstation verstand die Erregung des Sternverwalters. »Ja, Sir, bürgerkriegsähnliche Zustände in vielen Orten Eurasiens. Die Mannschaften der Entsalzungsstationen sind bewaffnet worden und haben vor knapp einer Stunde die Order erhalten, rücksichtslos von den Strahlwaffen Gebrauch zu machen, wenn man versuchen sollte, die Stationen zu stürmen. An den Kreuzungspunkten des immer noch nicht vollständigen Pipeline-Verbundnetzes sind als Wachen Sicherheitsstreitkräfte eingesetzt worden. Diese Einheiten fehlen jetzt in den Unruhegebieten. Überall werden die Pipelines angebohrt und angezapft.«

Ren Dhark konnte diese Menschen in Eurasien verstehen, die – halb wahnsinnig vor Durst – die trinkwasserführenden Leitungen anbohrten, um an das kostbare Naß für sich und ihre Familie zu kommen. Aber wenn man diese Übergriffe durchgehen ließ, bedeutete es binnen vierundzwanzig Stunden den kompletten Zusammenbruch der Trinkwasserversorgung auf der anderen Seite der Erde.

Der Sprecher in Cent Field hatte eine kurze Pause gemacht. Sein Gesicht war vom Viphoschirm verschwunden. Als es nun wieder auftauchte, zeigte es Bestürzung.

»Sir«, sagte er heiser und wischte sich den Schweiß von der Stirn, »in Eurasien – ob im chinesischen, russischen oder indischen Bereich, ob im alten Europa –, überall ist der Kampf um das Wasser ausgebrochen. Die letzten Reserven der Sicherheitsstreitkräfte sind mobilisiert worden und werden spätestens in zwei Stunden im Einsatz sein.

Sir, uns liegen seit einer knappen Viertelstunde amtliche Meldungen vor, daß man in Eurasien bald wieder Herr der Lage sein wird. Überall, Sir . . .«

Da meldete sich das Stabsquartier der Terranischen Flotte, und auf dem Schirm des zweiten Standviphos war das Gesicht eines jungen Flottengenerals zu sehen. Schneidig meldete der Mann: »Sir, Eurasien hat es gerade abgelehnt, mit Hilfe der Flotte die Unruhen in ihren Regionen niederzuschlagen.«

Da fauchte Ren Dhark den jungen General an: »Ich glaube, Sie sind verrückt geworden. Die Terranische Flotte habe ich nicht geschaffen, damit sie eines Tages die Erde ins Chaos stürzen kann. General, was auch immer in den nächsten Tagen auf Terra passiert, die Flotte kommt nicht zum Einsatz! Haben wir uns verstanden, General?« Er war es, der die Verbindung mit dem Stabsquartier abschaltete. Er wandte sich an den Sprecher in der Hyperfunkstation. »Versuchen Sie unter allen Umständen mit Ax Torrner Funkkontakt zu bekommen! Rufen Sie in meinem Namen nach ihm durch! Rufen Sie so lange, bis Ax Torrner sich meldet!«

Als Ren Dhark sich danach zu Riker und Eylers umdrehte, murmelte er:

»Was wird in den nächsten Tagen noch alles auf uns zukommen?«

*

Die TOLIMAN hatte einen außergewöhnlichen Kurs eingeschlagen, als sie von der Sahara aus in den freien Raum gerast war. Dicht hinter einem kleinen Mond stand das kleine Schiff im freien Fall, und der Funker hatte die strikte Anordnung erhalten, unter keinen Umständen auf einen Funkruf zu antworten.

Ax Torrner, seit Stunden der bekannteste Mensch auf der Erde, hatte keine Zeit, sich dadurch aufhalten zu lassen.

Mit drei Mitarbeitern saß er in seiner Kabine, und seit Stunden schon versuchten sie rechnerisch zu erfassen, wieviel Sternenwasser über der Sahara entstanden war. Mehrfach schon hatte der Bordcomputer gestreikt und verlangt, mit weiteren Daten beschickt zu werden. Und die waren nicht vorhanden.

Europa hat sich selbst vor der größten Katastrophe bewahrt, hatte Ax Torrner vor gut einer Stunde gesagt, als man mich im stillen einen Idioten nannte und deshalb unser Sternenwasser ablehnte. Wir hätten mit der Wasserflut Abermillionen Menschen ertränkt.

Wieder ließ er den Film ablaufen, der das Entstehen des Wasserberges über der Wüste zeigte. Inzwischen hatte er uneingeschränkt zugegeben, selbst entsetzt gewesen zu sein, als er dieses Schauspiel via Bildschirm beobachtet hatte.

»Wir haben uns bei der Berechnung der Wassermenge geirrt.«

»Wal Donkey, ein dreißigjähriger Mitarbeiter, blauäugig, schlank und eine geballte Ladung Energie, widersprach Torrner.

»Welchen Maßstab hätten wir anlegen sollen, Sir? Welche Vergleichsmöglichkeiten besaßen wir? Keine, Sir! Daraus ist uns kein Vorwurf zu machen. Daraus dürfen wir uns auch keinen machen. Die Frage schiebt sich nun in den Vordergrund, wie es weitergehen soll.«

»Die halbe Welt braucht Wasser – Trinkwasser!« Ev Dillon stellte die Behauptung in den Raum. Sie sah müde aus, denn seit den letzten dreißig Stunden hatte auch sie keine Minute geschlafen.

Sie war verantwortlich für das spannungslose Neutro-Feld, das von Ax Torrner entwickelt worden war, und dieses Feld hatte bis zum Abwurf des Sternenwassers, ganz besonders in den letzten Stunden, bedrohliche Schwankungen erkennen lassen, deren Ursprung aber noch nicht gefunden worden war. Daß sich während dieser Zeit das Raumschiff TOLIMAN in größter Gefahr befunden hatte, wußten nur Ax Torrner und sie. Nicht einmal Wal Donkey und Mart Wing hatten eine Ahnung davon gehabt.

Ax Torrner reckte sich.

»Mit anderen Worten: wir sollen uns der Erde zur Verfügung stellen, Ev?«

Sie blickte ihn aus ihren katzengrünen Augen nachdenklich an. »Müssen wir es nicht, Sir?«

Er ging auf ihre Frage nicht ein. »Ich möchte die letzten wichtigen Funksprüche lesen.«

Ein ganzer Stapel wurde ihm vorgelegt. Wortlos nahm er zur Kenntnis, daß Asien sich der EURO-Sternverwaltung in Paris betreffs des Sternenwassers angeschlossen hatte. Unter den Nachrichten befanden sich auch Meldungen der Geophysic Central, die ihn interessierten. Der Name Professor Caution wurde darin erwähnt.

EURO-Sternverwaltung ruft TOLIMAN!

Torrner wußte um diese Suchrufe, hatte aber nicht darauf reagiert. Doch plötzlich traf er seine Entscheidung. »Wir fliegen die Erde an, landen aber nicht.«

Captain Paja wunderte sich über die Order nicht. Die TOLIMAN verließ ihr Versteck hinter dem kleinen Mond, entfernte sich, immer schneller werdend, von ihm, bis sie fast Lichtgeschwindigkeit erreicht hatte und raste quer durch das Solsystem auf die blaue Kugel Erde zu. Weit vor der Luna-Bahn setzte Torrner seinen Hyperfunkspruch ab und stellte damit die Verbindung zur EURO-Sternverwaltung her.

»Endlich, Sir! Endlich melden Sie sich«, sagte der Mann erleichtert, der von Michel Tonard die Aufgabe erhalten hatte, die ersten einleitenden Kontaktsätze mit Ax Torrner zu wechseln. »Sir, wir wissen nicht, ob Ihnen bekannt ist...«

Der Wissenschaftler unterbrach ihn ungerührt.

»Sind Sie bevollmächtigt, meine Bedingungen zu akzeptieren?«

»Bedingungen?« echote der andere eindeutig verwirrt und überfordert. Von Bedingungen hatte ihm Michel Tonard kein Wort gesagt.

»Ja.«

»Tut mir leid, Sir, ich habe dazu keine Vollmacht.«

»Dann verbinden Sie mich mit der Person, die diese Vollmachten besitzt!«

Ax Torrner kam sich in diesem Augenblick keineswegs überheblich vor, aber sein Verantwortungsgefühl sagte ihm, daß er in dieser Lage das Heft nicht aus der Hand geben durfte.

Der Mann versuchte auszuweichen.

»Sir, ich weiß nicht . . .«

Barsch unterbrach ihn Torrner:

»Wenn Sie weder bevollmächtig noch informiert sind, wer diese Vollmachten besitzt, dann ist es zwecklos, mich mit der EURO-Sternverwaltung zu unterhalten. Ich betrachte unser Gespräch als beendet.«

»Nein, Sir! Um Gottes willen, nur nicht!« Auf dem Bildschirm war zu sehen, wie der Mann verzweifelt die Hände rang. »Ich verbinde Sie sofort mit Monsieur Michel Tonard. Einen Augenblick, bitte!«

Es dauerte etwa eine Minute, dann flackerte der Schirm, und ein anderes Männergesicht war darauf zu sehen.

Beide stellten sich vor, und sofort kam Torrner wieder zur Sache.

»Sie sind bevollmächtigt, Mr. Tonard?«

»Ja, bis zu einem gewissen Punkt, Sir.«

»Und wo enden Ihre Vollmachten, Mr. Tonard?« Entschiedenheit schwang in Torrners Stimme mit. Er, der die schwerfällige Bürokratie nie hatte leiden mögen, mußte sich nun mit ihr herumschlagen, während es für einen großen Teil der Welt tatsächlich fünf Minuten vor zwölf war.

»Ist das ausschlaggebend, Sir?« versuchte auch Tonard auszuweichen. »Steht die Frage nach Lieferung von Trinkwasser nicht im Vordergrund?«

Torrners Mitarbeiter betrachteten ihren Chef, der nervös geworden war und mit den Fingerspitzen Trommelwirbel zu schlagen begann. »Mr. Tonard, wollen Sie etwas von mir, oder habe ich Wünsche, die Sie mir erfüllen möchten? Anscheinend ist die EURO-Sternverwaltung an Hilfe von meiner Seite nicht interessiert.«

Bevor Michel Tonard auch nur noch ein Wort sagen

konnte, hatte Ax Torrner die Hyperfunkverbindung unterbrochen, drehte sich auf seinem Schwenksessel und sagte seinen Mitarbeitern: »In den nächsten beiden Stunden bin ich unerreichbar, und wenn Ren Dhark persönlich mich zu sprechen wünscht.« Er wandte sich an seine Mitarbeiterin Ev. »Wir beide befassen uns noch einmal mit dem spannungslosen Neutro-Feld.« Dann sah er die anderen an. »Ihnen empfehle ich, eine Handvoll Schlaf zu nehmen, denn wer weiß, was in den nächsten Stunden auf uns zukommt.« Dann gab er seinem Captain die Order, die Sahara anzufliegen. »Gehen Sie mit dem Schiff so tief herunter, bis Sie einwandfreie Bilder und möglichst viele Daten über den Süßwassersee hereinbekommen! Weichen Sie aber jedem anfliegenden Raumschiff oder Abfangjäger aus, auch wenn Sie dadurch den Auftrag nicht ausführen können.«

»Verstanden, Sir«, erwiderte der Captain über die Bordverständigung.

*

Minuten nach der Sondersendung der TV-Stationen brachen die Phasen der EURO-Sternverwaltung in Paris zusammen, so viele Anrufe liefen zur gleichen Zeit aus aller Welt ein.

In der Sternverwaltung tobte Michel Tonard, und er feuerte seinen Mitarbeiter, der sich im Hyperfunkgespräch mit Ax Torrner so ungeschickt verhalten hatte. Aber dieser Mann blieb nicht das einzige Opfer. Knapp eine halbe Stunde später durfte auch Michel Tonard seinen Schreibtisch und den bequemen Sessel dahinter aufgeben.

Ren Dhark hatte ihn fristlos entlassen. Er glaubte dessen unheimlich ruhig klingende Stimme immer noch zu hören, und er hatte plötzlich Angst, diese Stimme und ihr Klang könne ihn sein ganzes Leben lang verfolgen. »Da stehen in Eurasien Abermillionen Menschen vor dem Dursttod, und Sie sind nicht einmal in der Lage, die Chance der Stunde zu nutzen. Kommen Sie mir nie wieder unter die Augen, Sie geistiger Tiefflieger!«

Die Hiobsnachricht aus Paris hatte Ren Dhark aus dem ersten Schlaf gerissen. Er hatte nicht einmal Gelegenheit gefunden, sich anzukleiden. Im Schlafanzug und Morgenmantel saß er hinter seinem Schreibtisch und verlangte von der Hyperfunkstation in Cent Field eine Verbindung mit Ax Torrner.

Die TOLIMAN antwortete wohl, aber deren Funkzentrale gab unmißverständlich durch, daß Ax Torrner in den nächsten beiden Stunden nicht zu sprechen sei.

»Es geht um mehr als anderthalb Milliarden Menschen«, erinnerte Ren Dhark.

Der Funker der TOLIMAN war damit nicht zu beeindrucken. Stereotyp erklärte er dem mächtigsten Mann der Föderation, daß Mr. Torrner erst in zwei Stunden sprechbereit sei.

»Dann rufe ich wieder an«, sagte Dhark knapp und schaltete ab. Er eilte in seine Privaträume zurück, die an die von Dan Riker und seiner Frau Anja grenzten, und machte Morgentoilette.

Um 3.40 Uhr.

Als er nun angekleidet sein Arbeitszimmer wieder betrat, erwartete ihn ein karges Frühstück, das aus einer Tasse Kaffee und einer dünnen Scheibe Brot mit Aufstrich bestand. Er wollte den ersten Schluck trinken, als der Nachrichten-Bildschirm aufflammte und Meldungen aus Europa brachte.

Dort spielten die Menschen verrückt. Dort schien der blutige Bürgerkrieg unvermeidlich zu sein – Menschen, die unter der Vorstellung, daß die Sahara unter einer Süßwasser-Springflut ertrank und sie in Europa vor Durst nicht in den Schlaf fanden, fast den Verstand verloren hatten, waren in sinnloser Wut bereit, alles zu zerstören. Die vor Hitze kochenden Großstädte waren zu Vulkanen entfesselter menschlicher Vernichtungsorgien geworden; den Sicherheitsstreitkräften drohte die Kontrolle zu entgleiten. Von Toten war die Rede, aber in keiner einzigen Meldung stand eine Zahl. Was das zu bedeuten hatte, wußte Ren Dhark.

Die Verbindung mit Cent Field kam sofort. Es dauerte

keine Minute, bis er mit Sten Orel sprechen konnte, dem Chef vom Nachtdienst.

»Ich habe an Eurasien eine wichtige Botschaft durchzugeben, Mr. Orel«, sagte er in seiner ruhigen Art. »Ich verlasse mich darauf, daß die wichtigsten TV-Stationen auf der anderen Seite des Atlantiks sie in den nächsten dreißig Minuten ausstrahlen. Ist Ihre Station aufnahmebereit, Mr. Orel?«

Der machte das nicht zum erstenmal.

»Sir, Sie können sich auf uns verlassen. Die Aufnahme läuft.«

Ren Dhark sprach aus dem Stegreif. Die Erfahrung hatte ihn gelehrt, daß dann seine Reden immer gut ankamen. Aber sie zeigten keine Wirkung, wenn er dazu ein Konzept benutzte. Ihm kam es bei den einleitenden Sätzen gar nicht darauf an, einzugestehen, daß auch er in Alamo Gordo die Gefahr in Eurasien fast zu spät in ihrer gefährlichen Größe erkannt habe und man nun nicht nur der EURO-Sternverwaltung in Paris deswegen Vorwürfe machen dürfe.

»Ich hoffe, in einer Stunde mit Mr. Torrner neue Verhandlungen aufnehmen zu können, die – so wünschen wir es uns – zu dem Abschluß kommen sollten, daß Mr. Torrner uns mit Sternenwasser beliefert. Ob sich diese Hoffnungen erfüllen, kann ich im Augenblick noch nicht ermessen, aber wie schon gesagt, ich hoffe mit Ihnen. An dieser Stelle verspreche ich Ihnen, daß wenige Minuten nach Ende der Verhandlungen der Öffentlichkeit mitgeteilt werden wird, welchen Ausgang sie gehabt haben.

Bitte, verlangen Sie von mir nicht zu erklären, was Sternenwasser ist und wieso Mr. Torrner in seinem kleinen Raumschiff einen saharagroßen Süßwassersee hatte unterbringen können. Kein Wissenschaftler auf der Erde ist in der Lage, dieses physikalische Wunder zu erklären. Nur das eine ist sicher: daß Mr. Torrner bereit war, eine zweite Sternenwasser-Lieferung anzubieten.«

Ren Dhark war sich im klaren, daß er sich mit der letzteren Behauptung aufs Glatteis begeben hatte. Denn was er als Faktum hingestellt hatte, war in Wirklichkeit nicht mehr als eine Annahme gewesen. Aber um die Panik und

Unruhe in Eurasien aus der Welt zu schaffen und gleichzeitig aber Hunderten oder Tausenden Menschen damit das Leben zu retten, war ihm in dieser Situation jedes Mittel recht.

Er fuhr in seiner Botschaft an die Menschen Eurasiens fort: »Ich glaube, wir dürfen mit Berechtigung hoffen, daß in kurzer Zeit der Wassermangel auf Ihren Kontinenten behoben sein wird.

Niemals ist eine Lage so aussichtslos, daß sie nicht doch Grund zur Hoffnung gibt.

Darf ich in diesem Zusammenhang daran erinnern, daß die Erde vor gar nicht langer Zeit von den Giants beherrscht wurde und auch der letzte Mensch von ihnen versklavt worden war. Auch damals schien die Lage aussichtslos und hoffnungslos zu sein. Zu den wenigen, die trotz allem damals die Hoffnung nicht aufgaben, gehörte auch ich.

Darum rufe ich Ihnen zu: Hoffen Sie mit mir! Glauben Sie daran, daß es bald in Eurasien keine Wassernot mehr geben wird!

Sie alle wissen doch, daß das Universum nur kraft des Glaubens geschaffen werden konnte.«

Von seinen leidenschaftlich vorgetragenen Worten zutiefst beeindruckt, starrte Sten Orel den grau gewordenen Bildschirm an. Unbeschreiblich stark war der Eindruck, den Ren Dharks Worte bei ihm hinterlassen hatten. Er glaubte nicht nur, er war überzeugt, daß die Wassernot in Eurasien in Kürze beseitigt war. Doch was war bis dahin mit ihrem Doppelkontinent geschehen? Hatten dann die länderweiten Überschwemmungen auch die letzten festen Straßen und Brücken unterspült und zum Einsturz gebracht? Ohne den Luftverkehr wären die Verbindungen zwischen den einzelnen Städten in den Ebenen längst zusammengebrochen.

Sten Orel wußte, warum Südamerika keine Fotos vom Amazonasbecken mehr brachte. Er hatte die letzten Aufnahmen noch gesehen, die nicht mehr veröffentlicht worden waren. Erst die als Vergleich danebenstehende Landkarte hatte ihm einen Begriff davon gegeben, daß das gewaltige Gebiet bis zur Matto Grosso, bis zu den Füßen der Anden ein einziger See geworden war.

Der Amazonas-Urwald war in den Wassern längst ertrunken. Wie viele Millionen Menschen ein Opfer der Fluten geworden waren – niemand wußte es, niemand wagte die Zahl auch nur zu schätzen.

Sten Orel zuckte zusammen und erinnerte sich seiner Aufgabe, die ihm der Sternverwalter übertragen hatte. Keine Minute später hatte er die wichtigsten TV-Stationen Eurasiens an seiner Funkangel.

Ren Dhark hatte inzwischen seinen Freund und Stellvertreter Dan Riker aus dem Bett geholt, und zwei Experten waren zu ihm unterwegs. Das karge Frühstück hatte Dhark zu sich genommen und rauchte nun seine erste Zigarette.

»Dieser Torrner läßt uns prächtig schmoren«, stellte Riker fest, und Ren nickte dazu. Das war auch sein Eindruck, nur konnte er diesen Wissenschaftler, der mit seinem kleinen Raumschiff noch immer über dem Sahara-See kreuzte, nur zu gut verstehen.

Zuerst von seinen gehässigen Kollegen und den verantwortlichen Männern in Eurasien ausgelacht und öffentlich zum Vollidioten gestempelt, bevor er bewies, über Sternenwasser zu verfügen, verlangte nun ein Ren Dhark von ihm, ihn sofort zu sprechen.

»Dan, ich würde, wie es Torrner im Moment tut, meine Position auch dadurch festigen, indem ich die anderen warten ließe.« Da kam die Durchsage, daß ihn drei Professoren aus Paris Vortrag halten wollten – in Sachen Ax Torrner und seinem Sternenwasser.

Ren Dhark ließ bitten. Als die Professoren vor ihm standen, gab er ihnen jedoch zu verstehen, für sie nur zehn Minuten Zeit zu haben. Die Namen der drei Wissenschaftler waren weltbekannt, und mit einer gewissen Neugier wartete er darauf, was sie ihm vorzutragen hatten.

Ren Dhark traute seinen Ohren nicht.

Die Professoren warnten ihn vor Ax Torrner und seinen Experimenten mit Sternenwasser.

»Sir, mit Nachdruck haben wir darauf aufmerksam zu

machen, daß Torrners Wasser, das bisher doch nur sehr flüchtig analysiert wurde, biologische Folgeschäden für die nächsten Generationen mit sich bringen kann. Die Gefahr ist nicht von der Hand zu weisen, daß die mit Torrner-Wasser versorgten Menschen in den nächsten Generationen mutierte Kinder zur Welt bringen könnten.

In diesem Zusammenhang erinnern wir an die Versuche unseres Kollegen Ronator, der die inzwischen weltbekannten Herkulratten nur deshalb züchten konnte, weil er den Muttertieren Wasser zu trinken gab, dem er eine Mikrodosis Santyn beigegeben hatte, um das Wasser in seinem Geschmack aufzubessern.

Wie wir aus zuverlässigen Quellen erfahren haben, schmeckt das Torrnersche Saharawasser besonders würzig. Darum müssen wir die Warnung vorbringen, Torrners Hilfsangebot so lange abzulehnen, bis sein Saharawasser die schärfsten Kontrollen und Analysen durchlaufen hat.«

Bis zu diesem Punkt hatte Dhark schweigend zugehört. Nun unterbrach er den vortragenden Professor mit der Frage: »Wollen Sie mir freundlicherweise sagen, welchen Ausweg es in der Wasserfrage gibt?«

Alle drei kannten keinen.

Ren Dhark hakte sofort nach.

»Haben Sie, Gentlemen, das Saharawasser analysiert?«

»Nein, Sir. Das war uns unmöglich, weil die afrikanischen Staaten sich weigern, Wasserproben auszuhändigen.«

»Danke.«

Dhark war ein Gedanke durch den Kopf geschossen. Ziemlich eingeschnappt gingen die drei gelehrten Herren wieder, die er höflich aufgefordert hatte, ihn zu verlassen.

Die verlangte Viphoverbindung mit Afrika kam sofort zustande. Fogo Uallahs Gesicht tauchte auf dem Bildschirm auf. Als er Ren Dhark erkannte, grüßte er freundlich. Beide waren alte Bekannte und verstanden sich gut, solange es nicht um politische Dinge ging.

»Natürlich ist das Saharawasser analysiert worden und durchläuft jetzt noch eine Kontrolle nach der anderen, Sternverwalter. Ich bin Laie auf dem Gebiet, aber unsere

Wissenschaftler stehen vor einem Rätsel, wie Torrner aus dem Nichts heraus über der Sahara diesen See hat entstehen lassen können.

Bei der Analyse ist eine Tatsache bekannt geworden, die unseren Experten wiederum ein Rätsel aufgibt. Ich kenne die Methode nicht, die zur Altersbestimmung des Torrner-Wassers angewandt wurde, aber die damit beschäftigten Spezialisten behaupten, das Sternenwasser sei Millionen Jahre alt . . .«

Dhark brachte es nicht fertig, seinen Zwischenruf zu unterdrücken.

»Millionen Jahre alt, Uallah?«

»Ja. Zwischen fünf und acht Millionen Jahre. Die genaue Altersbestimmung würde in den nächsten drei Tagen vorliegen. Mehr habe ich auch nicht darüber erfahren.«

»Aber das Wasser ist für den menschlichen Gebrauch unbedenklich zu verwerten, Uallah?«

»Es soll Wasser von einer Qualität sein, wie wir es auf der Erde noch nie angetroffen hätten. Selbst die unterseeischen Wasser-Reservoirs der Sahara, deren Wasser aus der letzten Eiszeit stammen, können diese Qualität nicht aufweisen. Allein der Reinheitsgrad des Torrner-Wassers beträgt 99,9 Prozent, und die winzigen Spuren von Verunreinigungen darin sind einwandfrei irdischen Ursprungs. Aber nun eine Frage meinerseits, Dhark: warum haben Sie mich angerufen?«

Der berichtete ihm von der Warnung der drei Professoren. Er sprach auch von den Herkulratten, die Professor Ronator vor einigen Jahren gezüchtet hatte.

»Dhark, darüber bin ich nicht informiert, aber bleiben Sie in der Verbindung. Ich setze meine gesamten Beziehungen ein, damit Sie gleich mit den afrikanischen Haupt-Labs verbunden werden, die mit der Untersuchung des Saharawasser beauftragt sind.« Uallah hielt Wort.

Fünf Minuten verblieben Ren Dhark noch bis zum Ablauf der von Torrner verlangten Zweistundenfrist, als seine Verbindung mit Afrika von ihm abgeschaltet wurde.

Hastig überflog er die Meldungen, die ihm hereingegeben worden waren. Gesiebte Nachrichten, und die noch alle in Kurzform gebracht. Das Wichtigste, und das war schrecklich genug.

Europa und Asien standen vor einer Explosion durch seine Menschenmassen.

Wahnwitzige hatten an der spanischen Südküste achtundvierzig der größten und modernsten Entsalzungsanlagen restlos zerstört. Ein Drittel der iberischen Halbinsel mußte nun auf dieses Wasser verzichten. Wie es dort weitergehen sollte, konnte kein Mensch sagen.

Wasser von Wolga und Ob inzwischen zur Aufbereitung auch nicht mehr zu verwenden.

Die drei unterirdischen Tetus-Seen im Bereich der Schwäbischen Alp waren bei gleichbleibendem Wasserabsaug in achtundzwanzig Stunden völlig leer. Damit würde die Notversorgung im süddeutschen Raum zusammenbrechen.

Die Schweiz hatte gegen den Protest der deutschen Bodensee-Anlieger den dritten Ring aus Aufbereitungsrobotern in einer Blitzaktion errichtet. Sie entnahm dem zu einem Teich zusammengeschrumpften Bodensee Wassermengen, die binnen zwei oder drei Wochen zur vollständigen Trockenlegung führen mußten.

»Torrner«, stöhnte Dhark, der diese Hiobsmeldungen nur überflogen hatte, »Torrner, wenn du jetzt nicht hilfst oder nicht helfen kannst . . .«

Dan Riker und die beiden Experten hielten sich unauffällig im Hintergrund.

Dann war die zweistündige Sperrfrist abgelaufen.

»Funkkontakt mit Raumschiff TOLIMAN herstellen! Ich muß Mr. Torrner sprechen!«

Auf Dharks Bildschirm tauchte das ausdrucksvolle Gesicht des Astrophysikers und Astrometallurgen auf.

»Bitte, Mr. Dhark«, sage er kurz. Warum er in den beiden letzten Stunden nicht zu sprechen gewesen war, darauf ging er nicht ein.

Er gehörte zu den Spezies, die es verstanden, gut zuzuhören. Er schien sich nicht einmal Notizen zu machen.

»Ja, Mr. Dhark, wir können helfen, aber unsere Hilfe wird nur dann wirksam, wenn man uneingeschränkt unsere Forderungen erfüllt, denn ich möchte nicht noch einmal Initiator einer Katastrophe werden, wie ich sie in der Sahara auslöste.«

Ren Dhark verstand ihn nicht richtig.

»Mr. Torrner, hätten Sie Europa diese Wassermenge zur Verfügung gestellt ...«

Der Wissenschaftler unterbrach ihn: »Ich hätte, ohne es zu ahnen. Abermillionen Menschen ertränkt. Dhark, Sie wissen, daß Wasser schlimmer als Feuer sein kann?«

»Torrner, das fragen Sie uns, die wir Gefahr laufen, auf unseren Kontinenten unter den Wasserfluten zu ertrinken? Helfen Sie Eurasien, Torrner!«

Der nickte. »Existiert ein Arbeitsstab, der meine Forderungen zur Kenntnis nehmen kann, aber auch in der Lage ist, sie unverzüglich durchführen zu lassen?«

»Ja, Mr. Torrner.«

»Dann verbinden Sie mich damit! Anschließend möchte ich von Ihnen die Bestätigung erhalten, daß meine Bedingungen in jedem Punkt erfüllt werden.«

Ren Dhark gab sie ihm.

Ax Torrner sprach unterdessen von seiner TOLIMAN aus mit dem Chefingenieur Marc Uttler, einem drahtigen Vierziger, der sein Gespräch mit Torrner mit der Frage eröffnet hatte: »Sir, Sie sind tatsächlich in der Lage, Europa ausreichend mit Trinkwasser zu versorgen?«

Und Torrner hatte geantwortet: »Ja.«

Und wiederum hatte dann Uttler gesagt: »Bitte, dann nennen Sie uns Ihre Bedingungen!«

Und er nannte sie, und je länger er sprach, um so sorgenvoller wurde Marc Uttlers Gesicht, der begriffen hatte, was Torrner forderte.

Die Karpaten, die Alpen und die Pyrenäen sollten evakuiert und dann buchstäblich verwüstet werden.

»Ich benötige keine Unzahl kleiner abgesperrter Täler, sondern ein halbes Hundert riesengroßer Talsysteme, von denen jedes als gigantische Talsperre dienen kann. Mit atomaren Sprengsätzen dürfte es nicht schwer sein, diese Täler zu sperren.«

Zum erstenmal machte Uttler eine Zwischenbemerkung. »Sir, wissen Sie, was Sie verlangen?«

»Ich habe noch nicht alle meine Forderungen genannt, Uttler«, erwiderte Ax Torrner von der TOLIMAN aus. »Ziehen Sie sofort die besten Geologen zu Rate, die die Gebirge in Europa und Asien wie ihre Tasche kennen! Sie sollen alle Senken, die sich für die Aufnahme von gewaltigen Wassermassen eignen, kartografisch erfassen und mir diese Karten per Hyperfunk zustrahlen, gleichgültig, wo sich mein Schiff zu jenem Zeitpunkt im Raum befindet.«

»Diesen letzten Teil Ihrer Forderung verstehe ich nicht. Es dürfte doch früh genug sein, wenn Sie die Karten erhalten, sobald sie sich mit Sternenwasser an Bord wieder im Solsystem befinden, Sir.«

»Wie sollten Sie das auch verstehen, Uttler«, wich Torrner aus. »Woher sollten Sie wissen, daß wir unter Umständen – wir in der TOLIMAN – in einen tödlichen Zeitdruck geraten könnten? Und überwältigt uns der Zeitdruck, dann, Uttler, braucht die Erde auf keinen einzigen Tropfen Wasser von uns zu hoffen. Wie sind Ihre Verbindungen zu den asiatischen Ländern?«

»Ausgezeichnet, was die Wasserfrage betrifft.«

»Dann setzen Sie sich mit ihnen unverzüglich zusammen und leiten Sie meine Forderungen an sie weiter! Wenn ich von Sternverwalter Dhark die verbindliche Bestätigung erhalten habe, daß alle meine Forderungen erfüllt werden, kann ich den ungefähren Zeitpunkt angeben, wann ich mit dem Sternenwasser an Bord wieder zurück sein werde.«

»Sir«, fragte der beeindruckte Ingenieur, »wieviel Zeit geben Sie uns?«

»So wenig wie möglich. Vergessen Sie nicht die Abermillionen fast verdursteter Menschen. In spätestens einer Woche bin ich mit meinem Raumschiff wieder im Sol-System. Uttler, mehr Zeit haben Sie nicht. Hat niemand in Europa und Asien. Wie Sie die Gebirgstäler evakuieren, die Senken in Europa und Asien frei machen, das ist Ihre Aufgabe und die Ihrer Mitarbeiter. Aber es muß alles vorbereitet sein, wenn ich mit der TOLIMAN wieder über der

Erde auftauchte. Dann wird es um Stunden gehen. Diese Stunden werden über das Schicksal von Asien und Europa entscheiden – und über das Schicksal der TOLIMAN.«

»Mein Gott, Sir«, stieß Marc Uttler erregt aus, »sagen Sie mir doch, was Sternenwasser eigentlich ist!«

»Wasser, Uttler, H2O, nichts anderes . . . Geben Sie das Gespräch jetzt an Ihren Sternverwalter zurück!«

Der hatte ohne Torrners Wissen dessen Gespräch mit Marc Uttler abgehört und war damit über alles informiert. Ax Torner zeigte seine Überraschung nicht. Ihm begann dieser Mann, für den er sich früher als Wissenschaftler nie interessiert hatte, zu gefallen, weil er sich nicht scheute, völlig unkonventionell eine Verhandlung zu führen.

»Wir werden bei den Evakuierungsmaßnahmen mit blutigen Zwischenfällen zu rechnen haben.«

»Nicht meine Sache, Dhark! Meine Aufgabe ist es, ausreichend Trinkwasser für Europa und Asien heranzuschaffen.«

»Und das mit einem Flug der kleinen TOLIMAN! Torrner, ich stelle Ihnen meinen Ringraumer, die POINT OF, samt Besatzung zur Verfügung.«

Und da kam die Frage, die Ren Dhark beinahe an Torrners Verstand zweifeln ließ.

»Sir, was soll ich damit? Ich will die Erde, unseren Planeten, doch nicht ertränken. Und zum anderen: Ihr Raumer hat nicht die technische Anlage an Bord, um Sternenwasser zu transportieren.«

»Vergessen Sie nicht, daß Sie mit der POINT OF in zwei, drei Tagen zurück sein könnten.«

»Sir, haben Sie noch Versorgungswünsche?« fiel ihm Torrner schroff ins Wort.

Das Gespräch war zu Ende.

Der Bildschirm wurde grau, und Ren Dhark dachte an Ax Torrner und dessen rätselhaftes Sternenwasser – das beste Trinkwasser, das jemals auf der Erde untersucht worden war.

*

Wie Hornissen fielen die kleinen Raumjäger mit ihren bis an die Zähne bewaffneten Einheiten in die Gebirgstäler ein.

Dichtauf folgten ihnen Transporter aller Typen, begleitet von Abfangbooten, die dicht am Rand der Siedlungen landeten.

Es war in den Karpaten nicht anders als in den Alpen oder Pyrenäen, im Ural oder Himalaya.

Überall der gleiche Widerstand der überraschten Menschen, die man aufgefordert hatte, binnen Stundenfrist alles liegen und stehen zu lassen und in einen der Transporter zu steigen.

Die meisten Gebirgstäler in Eurasien waren noch jene Oasen gewesen, in denen es für die dort lebenden Menschen genügend Trinkwasser gab. Viele Gebirgsbäche führten nach wie vor blitzklares Wasser, bis es dann auf seinem weiteren Weg talabwärts von der Gluthitze aufgesogen wurde und spurlos verschwand.

Alle Einsatzpläne der Sicherheitsstreitkräfte standen unter Zeitdruck, doch nur die Einheitsführer wußten, daß gleichzeitig mit ihrem Eingreifen Techniker schon damit beschäftigt waren, an den Talausgängen die Sprengungen vorzubereiten, um sie zu verschütten.

In den Valli de Fiemme e Fassa spielten sich die gleichen scheußlichen Szenen ab wie in den französischen Tälern Ocross und Turdin, in den Karpaten, im chinesischen Hochland, im Ural oder im Himalaya. Niemand in den Hochgebirgen dachte daran, den Räumungsbefehlen nachzukommen.

Da wurde der Einsatz von Hypno-Gas befohlen, nachdem Ren Dhark ausdrücklich untersagt hatte, die paralysierenden Strichpunkt-Strahlen anzuwenden. Kurz danach wurden die stumpfsinnig gemachten Menschenmassen wie Vieh in die Transporter getrieben und nach den in einer Blitzaktion aufgebauten Notbarackenstädten geflogen.

Die absolute Nachrichtensperre verhinderte, daß dieses radikale Vorgehen bekannt wurde und Unruhe und Aufruhr noch größer werden ließ.

Der Schnellaufbau der gewaltigen Entsalzungsanlagen an den Küsten ging mit höchster Dringlichkeitsstufe unaufhaltsam weiter. Das Verbundsystem der Wasser-Pipelines wuchs von Stunde zu Stunde um viele Kilometer. Dennoch war nicht abzusehen, wann auch kleinere Siedlungen mit weniger als fünfzigtausend Einwohnern daran angeschlossen werden konnten.

Die Ingenieure, denen die Sternverwaltung in Alamo Gordo die Verantwortung für die Wasserversorgung und alles, was damit in Verbindung stand, übertragen hatte, erhielten einen Begriff davon, was es heißt, fast unumschränkte Machtbefugnisse zu besitzen. Nicht wenige begannen die Minute zu verfluchen, in der sie diesen Auftrag angenommen hatten.

Sternwasser!

An dieses Wort klammerten sich die vor Durst verrückt werdenden Menschen Asiens und Europas. Ax Torrners mysteriöses Sternenwasser war ihre letzte Hoffnung und der Mann, der versprochen hatte, es ihnen zu bringen.

In der Geophysic Central in Palmer City wurden die letzten Wetterberichte der 23er-Satelliten ausgewertet.

Lustlosigkeit war schon seit Wochen in der GC zu Hause, aber niemand konnte sich daran gewöhnen.

Das Wetter – es war zum Verzweifeln. Es war ein einziges Rätsel, warum kein einziges Island-Tief mehr Europa erreichte. Warum diese Tiefs, und wenn sie im Gebiet der Azoren entstanden, alle in die entgegengesetzte Richtung nach dem amerikanischen Doppelkontinent zogen, um dort ihre Wassermassen über das unter Überschwemmungen leidende Land zu ergießen.

Auch die Satelliten hatten bis zum Tag auf diese Frage keine Antwort geben können.

Die meteorologische Abteilung der EURO-Sternverwaltung wollte die neuesten Voraussagen erfahren.

»Diese hoffnungslosen Optimisten«, stöhnte Henn, Hela Egs Freund, und leistete sich den Scherz, die Voraussage vom vergangenen Tag abstrahlen zu lassen. Bis auf drei Isobaren unterschied sie sich auch nicht von der augenblicklichen. Seine Kollegen, die sein Tun beobachtet hatten, war es nicht einmal zum Lachen zumute.

Einer drückte sich radikal aus: »Es ist zum Kotzen!«

»Ist es auch«, sagte ein anderer bestätigend. »Aber was passiert, wenn uns Torrner sein Sternenwasser geschenkt hat? Werden sich dann die Wetterverhältnisse über Asien und Europa schlagartig ändern, oder wird durch die ungehinderte Sonneneinstrahlung das Wasser verdunstet, abgesaugt und auch nach Amerika getragen?«

Darauf wollte und konnte niemand eine Antwort geben.

Hela Egs stürmte herein. Sie als Frau brachte in diesen Männerklub einen Hauch von Frische und Leben. Aber sie sah gar nicht fröhlich aus.

»Eine Nachricht von der EURO Paris. Zur Veröffentlichung nicht bestimmt . . . Bitte, Gentlemen!« Dem erstbesten legte sie die Funk-Folie vor, und der machte schon nach wenigen Sekunden große Augen.

In acht Zeilen wurde von den abgeschlossenen Evakuierungsmaßnahmen gesprochen.

Auch von den Toten, die es dabei gegeben hatte. Zwei Worte verschwendete man an sie.

»Baikal-See . . . Kaspisches Meer . . . Ili-Dreieck im Himalaya . . . die moga . . . mogaa-ylii-Senke . . . Du lieber Himmel, wo ist die denn? Mein Gott, wie viele Stellen will Torrner denn mit seinem Sternenwasser versorgen?«

Seine Frage wurde ihm beantwortet. Die Nachricht besagt, daß Torrner mit seiner TOLIMAN 168 Stellen in Asien und Europa anfliegen wollte.

Der Meteorologe, der die nicht zur Veröffentlichung bestimmte Nachricht las, schüttelte verzweifelt den Kopf, denn er hatte sich gerade wieder klargemacht, daß die TOLIMAN eine Länge von 62 Metern besaß, bei einem maximalen Durchmesser von 27 Metern. Und mit einer einzigen Schiffsladung Sternenwasser wollte Torrner hundertachtundsechzig künstlich abgesperrte Talsysteme, Senken und Seen füllen?

Daß er dazu in der Lage war, hatte er mit seinem Experiment über der Sahara bewiesen. Aber, zum Teufel, wie konnte man mit Wasser solche Experimente durchführen?

*

Die TOLIMAN hatte in drei Transitionen den Arm der Galaxis verlassen, in dem sich das unbedeutende Solsystem befand. Sie bereitete sich auf den nächsten Sprung vor, um eine Dunkelwolke hinter sich zu bringen, die von dieser Position aus den Blick auf das Zentrum der Milchstraße verhinderte.

Ax Torrner und seine Mitarbeiter, die während ihres Aufenthaltes im solaren Bereich nicht aus den Kleidern gekommen waren, hatten die drei Transitionen verschlafen. Sie nahm kaum Notiz von der Meldung aus der Zentrale, daß der vierte Sprung bevorstand. Erst als das Heulen der Transformer und Spulbänke die Schallisolation des Triebwerkraumes durchdrang, sahen Torrner und seine Mitarbeiter in der Messe des Schiffes von ihrem Frühstück auf, nickten sich zu und ließen sich dann nicht weiter stören.

Ev Dillon speiste wieder einmal wie ein Spatz, legte Messer und Gabel zur Seite und belästigte die anderen mit ihren Sorgen.

Der Jota-Sektor des spannungslosen Neutro-Feldes war immer noch nicht konstant zu halten. Auf dem letzten Flug zur Erde hatte er ihnen erhebliches Kopfzerbrechen bereitet, aber trotz Suchens hatten sie den Fehler nicht finden können.

»Ev«, sagte Ax Torrner mit bittender Stimme, »lassen Sie uns doch einmal in Ruhe frühstücken. Der Jota-Sektor läuft uns bestimmt nicht davon.«

Ihr Schmollmund half ihr nichts. Leicht schadenfroh grinsten sie Wal Donkay und Mart Wing an. Ax Torrner schlürfte seinen Kaffee, als ob er allein in der Messe sei. Auch das war Absicht.

Und hatte damit Erfolg.

Wortlos ging Ev Dillon hinaus. Die drei Männer waren unter sich.

Donkay machte eine anzügliche Bemerkung, die beiden anderen lachten, doch schnell wurde Wing wieder ernst.

»Ergeht es uns besser?« stellte er an alle die rhetorische Frage. »Können wir alle Ev nicht gut verstehen? Vier Jahre Eremit spielen . . . Nee, ich glaube, das hat noch nie Spaß gemacht. Und dazu eine Frau an Bord, die uns gegenüber mit Erfolg Eisberg spielt, weil sie ihren Dick in Palmer City nicht vergessen kann. Ob der überhaupt noch weiß, daß es eine Ev Dillon gibt?«

Jeder hatte sich im Laufe der vier Jahre bei Ev eine Abfuhr geholt, und es war bewundernswert, wie standhaft das Girl in der Gesellschaft gut aussehender Männer geblieben war.

»Sprechen wir doch lieber über den Jota-Sektor als über Frauen, die wir nicht haben«, schlug Ax Torrner vor, kam aber nicht weiter, denn in diesem Augenblick kündeten die heulenden Sirenen an, daß die X-Zeit minus dreißig erreicht hatte.

In einer halben Minute legte die TOLIMAN entmaterialisiert, im Hyperraum und in Null-Zeit, eine Distanz von mehr als 15 000 Lichtjahren zurück.

Das Heulen der Spulbänke hatte sein Fortissimo erreicht. Die Geräusche, die die hochbelasteten Transformer entwickelten, waren kaum noch zu ertragen. Diese Orgie war immer das Unangenehmste bei jedem Sprung. Die Transition, die einen gut zu ertragenden Schock auslöste, ein Kinderspiel und leicht zu ertragen.

Dann war der Schock verklungen und die TOLIMAN wieder rematerialisiert im normalen Zeit-Raumgefüge. Hinter ihr lag die gewaltige Dunkelwolke. Vor ihr, aber noch viele tausend Lichtjahre entfernt, die Ballung des galaktischen Zentrums.

Aus dem Kommandoraum lief Captain Pajas Meldung ein, daß im Schiff alles klar sei. Niemand hatte etwas anderes erwartet. Die Positionsbestimmung ließ wie üblich auf sich warten. Sie erforderte nicht nur den Einsatz der Ortungen und des Bordcomputers, sondern auch noch eine Reihe von Kontrollen.

Torrner verließ seine Mitarbeiter in der Messe und suchte Funker Hull auf, der schweigend zusah, wie sein Chef neben ihm Platz nahm.

»Ren Dhark hat sich noch nicht wieder gemeldet, Hull?«

»Nein, Sir. Ich bekomme die Station zwar herein, aber

die Hyperfunksprüche sind nicht für uns bestimmt. Die lassen sich mal wieder viel Zeit mit der . . .«

In diesem Augenblick lief eine Blip über den Oszillo, ein paar Relais tickten dezent, und die Automatik hatte auf Empfang geschaltet.

Drei Aufnahmen liefen an, als das Kartenbild auf dem Schirm zu sehen war.

EURO-Paris funkte über Hyper Kartenausschnitte zur TOLIMAN. Diejenigen, die Teile Europas wiedergaben, waren auch Hull vertraut, aber dann mußte er passen, als Bereiche des Himalaja und anderer Teile Asiens gezeigt wurden.

»Hört das denn gar nicht auf?« fragte er murmelnd, als die dreißigste Karte auf dem Schirm auftauchte.

Ax Torrner hüllte sich in Schweigen. In Gedanken ging er durch, daß er sich eine fast unlösbare Aufgabe aufgehalst hatte, und gerade jetzt mußte er an den unstabilen Jota-Sektor ihres spannungslosen Neutro-Feldes denken.

Klar und unverzerrt war nun eine Männerstimme zu hören, die bekanntgab, daß die Evakuierungsmaßnehmen in den Hochgebirgen abgeschlossen seien und in vier Tagen auch die letzten Sprengungen durchgeführt worden wären, um zusammenhängende Gebirgstäler als gigantische Talsperren vorzubereiten.

Über die Toten wurde kein Wort verloren.

168 Positionen wurden genannt.

Entgeistert blickte Hull seinen Chef an. »Sir, die haben wir alle anzufliegen und mit Wasser zu versorgen? Mein Gott, das dauert ja Tage, Sir!«

Ax Torrner begriff, was sein Funker mit der letzten Bemerkung hatte andeuten wollen.

Auf so viele Tage hinaus konnten sie gar nicht das Sternenwasser im spannungslosen Neutro-Feld aufbewahren. Das Feld ließ sich so lange nicht konstant halten.

Sie hatten es auf Farin am eigenen Leib zu spüren bekommen und waren nur um ein Haar der Vernichtung entgangen.

Farin!

Als Torrner daran dachte, beschlich ihn ein ungutes Gefühl, aber nach Farin mußten sie.

Farin war ihr Ziel.

Als Torrner den Komandoraum betrat, war die Position der TOLIMAN zwischen den Sternen gerade bekannt geworden.

»Sir, in zwei Stunden haben wir unser Ziel-System erreicht. Da ist es zu sehen.« Er deutete auf den rechten, kleineren Bildschirm, auf dem eine kobaltblaue Sonne zu sehen war, die wie ein tückisches Auge vor dem samtschwarzen Hintergrund des Weltraumes stand und zu ihnen hereinblickte. »Das Biest!«

Torrner gab seinem Captain recht.

Die Kobaltsonne war ein Sternungeheuer.

Farin, der einzige Planet dieser Sonne, war ihr Ziel.

»Sir, wenn die uns dieses Mal nur nicht den Hals bricht . . .«

Paja war kein Schwarzseher, aber diese Sonne, die nicht einzustufen war, hatte ihm nur Unbehagen bereitet. Und was für ihn das schlimmste war: Ax Torrner, sein Chef und Astrophysiker, war nicht in der Lage zu sagen, welch ein Ungeheuer dieser kobaltblaue Stern nun wirklich war.

Worin bestand seine Gefährlichkeit, seine Tücke?

Welche unerklärlichen Kräfte hielten diese Glutkugel zusammen, die ein Schnellrotierer war und nach den allgemein gültigen physikalischen Gesetzen längst hätte auseinanderfliegen müssen.

Und dazu dieser Kümmerling – dieser Mini-Planet Farin, der seine Sonne in zwei Jahren und achtzehn Tagen umlief.

Hatte das Ungeheuer im Laufe von Abermillionen Jahren alle anderen Planeten gefressen, und war es nur diesem Mini gelungen, sich bis jetzt seiner Gefräßigkeit zu entziehen?

Ax Torrner blieb vor dem dritten Astro-Schirm stehen und betrachtete angestrengt die Spektralbänder. Er las die verschiedenen Emissionswerte an den Instrumenten der Energie-Ortungen ab, die alle die kobaltblaue Sonne betrafen.

Nichts hatte sich an der Sonne verändert, seitdem sie dem Ungeheuer den Rücken gekehrt hatten. Alles war so geblieben, wie sie es kennengelernt hatten.

Wirklich alles?

Torrner wurde das Gefühl nicht los, etwas Wichtiges zu übersehen

Er kehrte zum zweiten Astro-Schirm zurück, der die energetischen Ausbrüche der Sonne unter seine Kontrolle genommen hatte und sie mit seinen gespeicherten Daten verglich.

Captain Paja hatte seinen Pilotensitz verlassen und das Schiff seinem Ersten übergeben. Der erfahrene Raumschiff-Kommandant, der das Patent AA-1 besaß und berechtigt war, jedes Schiff zu fliegen, blieb neben seinem Chef stehen und betrachtete die farbigen Amplituden, die auf dem Schirm kamen und gingen.

»Ja?« fragte Torrner, obwohl Captain Paja kein Wort gesagt hatte.

Der blickte seinen Chef verdutzt an. »Sir, können Sie Gedanken lesen? Unser Ungeheuer hat sich verändert. Es ist auf seiner Oberfläche um gut tausend Grad Celsius kälter geworden. Ist Ihnen das nicht aufgefallen?«

»Nein . . . Nein, tatsächlich nicht. Tausend Grad kälter geworden? Paja, das bedeutet doch, daß der Prozeß . . .« Er sagte nicht, welcher Prozeß in der Kobaltsonne sich verändert haben mußte. Er hatte keine Zeit mehr dazu. Er saß vor dem ersten Astro-Schirm und schaltete die Fein-Auswertung ein, gleichzeitig versuchte er die Oberflächentemperatur der kobaltblauen Sonne genau zu bestimmen.

Warum hatte er die Farbveränderung der dritten Blipsorte nicht wahrgenommen? Warum mußte ihn erst sein Captain darauf aufmerksam machen?

Währenddessen raste die TOLIMAN mit 0,9 Licht ihrem Ziel zu.

»Sir, ist die Gefahr größer geworden?«

Torrner lachte kurz und hart auf. »Sie kann nicht größer werden als sie schon war, Paja. Nur der Temperaturabfall machte sie jetzt noch unberechenbarer. Sie wissen, was das bedeutet.«

»Zu gut, Sir. Verdammtes Sonnen-Ungeheuer!«

Der wortkarge Erste meldete sich aus dem Pilotsitz.

»TOLIMAN ist vom ersten Schwerkraftstoß überflutet worden. Dauer des Stoßes 1,246 Sekunden. Stärke 17,4. Richtung Kobaltblau.«

Torrner warf der Distanz-Ortung einen kurzen Blick zu und stutzte. »Wirklich 17,4 Stärke?« vergewisserte er sich bei seinem Ersten.

17,4, Sir.«

»Bei dieser Distanz, Sir ...« Paja war zum Menetekel geworden.

Der Astrophysiker und Astrometallurge ging darauf nicht ein. »Beide Zusatzfeldschirme einschalten, Paja! Wir können uns nicht erlauben, beim Anflug das kleinste Risiko einzugehen. Mann, stellen Sie sich vor, der Schwerkraftstoß hätte Stärke 20 überschritten? Keine Maus im Schiff würde das überstanden haben. Nun machen Sie schon!«

Die beiden zusätzlichen Feldschirme, die die Energie von drei Spulbänken pro Stunde verschlangen, hatten sich gerade schützend um die TOLIMAN herum aufgebaut, als der zweite Gravostoß das Schiff traf.

Die g-Messer kamen nicht mehr mit und wurden in ihrer Eichung versetzt. Sie arbeiteten nicht mehr so exakt, wie es zwischen den Sternen erforderlich war.

Einer der drei Feldschirme um die TOLIMAN war bei der Gravo-Belastung zusammengebrochen und mußte mit Hilfe größter Energiemengen neu erstellt werden. Captain Paja ließ sich bei dieser Arbeit nicht aus der Ruhe bringen, denn er kannte Leistung und Abwehrkraft des dreifachen Feldschutzes. Er wußte, daß Ax Torrner nie ein hundertprozentiges Risiko einging.

Pajas Gesicht zeigte harte Züge, und in seinen Augen blitzte es, als er wieder die Kobaltsonne auf dem Schirm betrachtete.

Sie war ein Ungeheuer, und sie hatte Ungeheuerliches geschaffen.

»Dritter Feldschirm steht wieder, Sir!« rief er seinem Chef zu, der flüchtig nickte.

Torrner wartete auf weitere Gravostöße. Die Oberflächentemperatur der Sonne war zwischen dem ersten und zweiten Stoß abermals um tausend Grad Celsius gesunken.

Ein schlechteres Vorzeichen konnte es nicht geben.

Durfte er wagen, mit der TOLIMAN den Mini-Planeten Farin anzufliegen? Gab es nach der Landung die winzigste Chance zu einem Start?

Kaum waren diese Fragen durch seinen Kopf gegangen, als die Schwerkraftausgleicher seines Schiffes zu heulen begannen.

Paja brauchte ihm kein Wort zu sagen. Er hatte begriffen. Die drei Feldschirme um sein Schiff existierten nicht mehr. Ein Gravostoß von nicht meßbarer Stärke hatte mit voller Kraft die TOLIMAN getroffen, und es war ein Wunder, daß sie und das Schiff noch existierten.

»Wir . . .« Torrner war keines Wortes mehr fähig. Er glaubte zu träumen, denn auf dem Massen-Ortungsschirm erkannte er vier scharfgezeichnete Punkte, die gerade hinter der kobaltblauen Sonne hervorgetreten waren.

Vier Planeten, auf dichtem Raum zusammen, die sich alle auf einer gemeinsamen Bahn um das Muttergestirn bewegten?

Vier Planeten, die sie bei ihrem ersten Besuch in diesem System nicht entdeckt hatten.

Aber das hatte doch zu bedeuten, daß sie sich damals hinter der Sonne befunden haben mußten. Eine andere Erklärung gab es dafür nicht. Die Massen-Ortung der TOLIMAN hätte sie sonst unter allen Umständen auf den Schirm geholt.

Der Astronavigator, der in der rechten Ecke vor seinen Instrumenten und Schirmen saß, hatte schon die Auswertung benutzt und konnte mit Daten dienen, aber die machten es ihm schwer, zu sprechen. Er schluckte einmal kräftig, bis er über die Lippen brachte:

»Sir, diese vier Schnelläufer, die keine zehn Tage benötigen, ihre Sonne zu umlaufen, haben nicht mehr lange. Sie befinden sich schon so nah ihrem Muttergestirn, daß es nur noch eine Frage der Zeit ist, wann sie von ihr verschlungen werden. Ihre Bahn ist stark zusammengedrückt, und sie nähern sich auf jedem Umlauf zweimal bis auf acht Millionen Kilometer der Sonne. Größter Abstand: sechsundzwanzig Millionen.«

Aus dem Triebwerksraum kam die Nachricht, daß drei der zweiundzwanzig Spulbänke völlig leer seien, doch weder Captain Paja noch Ax Torrner gaben dazu ihren Kommentar.

Ein Blick aufs Chrono verriet ihnen, daß seit dem Ende des letzten Sprunges mehr als achtzig Minuten vergangen waren.

»Sir!« Aufschrei des Astronavigators. »Sir, sehen Sie sich das an!«

Und Torrner sah es sich an.

Diese vier Planeten auf ihrer zusammengedrückten Umlaufbahn waren in ihrer Existenz noch lange nicht gefährdet, wenn das stimmte, was er auf dem Bildschirm seines Astronavigators sah. Diesen Planeten drohte kein Absturz auf das kobaltblaue Muttergestirn.

Diese vier Planeten, die sich dem sonnennächsten Punkt ihrer Umlaufbahn näherten, beschleunigten sich plötzlich mit negativer Schwerkraft.

Mit negativer Schwerkraft?

»Sir, gibt es die wirklich?« fragte der Astronavigator, heiser vor Erregung.

Der verstorbene Physiker Easton Craig behauptete es in seiner *Großen Gravo-Theorie*, aber nicht einmal im Experiment hatte man diese negative Schwerkraft nachweisen können, und hier war sie auf dem Bildschirm in Amplitudenform zu sehen.

Gravo mit umgekehrten Vorzeichen!

Minus-Schwerkraft!

Minus-Gravo als Beschleunigungselement für vier Planeten, die im Abstand von nur acht Millionen Kilometern an ihrer Sonne vorbeizogen?

Da hielt der innere und zugleich noch einzige Feldschirm der TOLIMAN den nächsten Gravostoß aus.

»Sir . . .«

Ax Torrner hatte es auch gesehen – deutlich, unmißverständlich klar.

Diese Sonne hatte mit ihrem Schwerkraftstoß versucht, die vier Planeten aus ihrer Bahn zu werfen!

Dieses kobaltblaue Sonnenungeheuer hatte alles darangesetzt, seine Kinder zu verschlingen. Und es war ihr nicht gelungen.

Minus-Gravo hatte ihren gezielten Schwerkraftstoß wie gegen eine Energiebarriere prallen lassen und, nach allen Seiten wirkungslos verpuffend, abgelenkt.

Deutlich war auf einem der Astro-Schirme zu sehen gewesen, wie die schwefelgelben Feldlinien des klaren g-Spektrums im Bereich der vier Planeten aus ihrer Richtung gebracht worden waren. Für einen Augenblick hatten sich im Abprallbereich extrem rote Feldlinien als Ballungszentrum gezeigt.

Die gleichen roten Feldlinien, die Easton Craig in seiner *Großen Gravo-Theorie* vorausgesagt hatte.

Wenn der das noch erlebt hätte, dachte Ax Torrner. Mit Wehmut erinnerte er sich an seinen väterlichen Lehrer, der ihm die Grundlagen mitgegeben hatte, der bekannte Ax Torrner zu werden.

»Sir, Triebwerksraum meldet, daß nun auch vierte Spulbank leer ist.«

Das konnte heiter werden. Der Anflug auf dieses System hatte inzwischen schon mehr Energie gekostet, als die Reise aus dem Sol-Raum mitsamt seinen vier Transitionen.

»Captain . . .«

»Sir?« fragte Paja.

»Gehen Sie auf 0,5 Licht herunter! Der Einflug ist mir zu riskant. Wir benötigen Zeit, um noch mehr Daten hereinzubekommen. Vor allen Dingen möchte ich einen zweiten Vorbeilauf der vier Planeten vor ihrer Sonne beobachten.«

Danach wurden in unregelmäßiger Folge die Feldschirme der TOLIMAN von Gravostößen mehr und weniger stark belastet, aber nur noch einmal brachen zwei von drei Schutzschirmen zusammen.

Die Geschwindigkeit der TOLIMAN war auf 0,35 Licht abgebremst worden.

Der Vorbeilauf der Vierergruppe-Planeten war nun ein zweites Mal zu sehen. Abermals versuchte diese teuflische Sonne, ihre Kinder durch einen Gravostoß aus ihrer Bahn und auf Absturzkurs zu bringen.

»Kein Wunder«, stieß Ax Torrner aus und dachte den Rest des Satzes. »Ihre Oberflächentemperatur steigt wieder an. Genauso wie damals, als wir zum erstenmal einflogen.« Er legte seinem Astronavigator die Hand auf die Schulter. »Informieren Sie mich, wenn die Sonne wieder die Temperatur aufweist, die wir schon einmal angemessen haben!«

Funker Hull wurde zum Störenfried.

»Sir, die EURO-Sternverwaltung hat sich offiziell abgemeldet und ihre Tätigkeit eingestellt. Europa ist ein einziger Hexenkessel. Fast alle in Asien und Europa unter Startverbot liegenden Raumschiffe haben die Erde in einem Massenstart verlassen. Als einziger starker Hypersender ist der von der Geophysic Central in Palmer City noch zu hören. Na, und den wird man bald auch abgesägt haben.«

Hull hatte sich einer sehr saloppen Formulierung bedient, und Ax Torrner stutzte deswegen.

»Was soll das heißen, Hull – abgesägt?«

»Gesprengt, wie man vor wenigen Minuten das EURO-Gebäude in Paris in die Luft gejagt hat. Ganz Europa ist wahnsinnig vor Durst. Ob die Sicherheitsstreitkräfte noch etwas machen können, scheint mir fraglich zu sein ... Moment, Sir, ich bekomme gerade eine neue Nachricht herein.« Deutlich war Hulls erregtes Atmen zu hören und dann seine heisere Stimme: »Großer Gott, wenn sie das schaffen ... Wenn sie das schaffen ...«

»Was schaffen, Hull?« fragte Torrner verärgert über die Bordverständigung, weil er keine Lust hatte, Rätsel zu lösen.

»Sorry, Sir, sorry! Die wahnsinnig gewordenen Menschen haben an mehr als achtzig Stellen schon das neue Verbundsystem der Wasser-Pipelines vollkommen zerstört. Meine eingelaufene Meldung spricht von hundertdreißig Kilometern zerstörten Plastikleitungen.«

»Halten Sie mich auf dem laufenden, Hull!« Er blickte den Captain an. »Wissen Sie, was das für uns bedeutet?«

»Ja, untergehen oder siegen – in diesem verdammten System mit seiner verfluchten Sonne, die Planeten zu fressen versucht.«

»Paja, wir waren schon einmal auf diesem Planten. Wir sind schon einmal auf Farin gelandet. Sagen Sie mal, haben Sie die Hosen voll?«

Pajas Antwort war von einer Ehrlichkeit, die umwerfende Kraft besaß: »Noch nicht, Sir, aber ich könnte sie bald voll haben.«

Er begriff nicht, warum ihm Ax Torrner die Hand kräftig auf die Schulter legte.

»Na, dann ergeht es Ihnen ja nicht besser als mir, und das tröstet.«

Vom großen Bildschirm leuchtete die kobaltblaue Sonne in die Zentrale der TOLIMAN herein.

*

Die Piste des Airport EURO-III war leer.

Roger Fannhild, Hyperfunker, starrte vom Tower über den gewaltigen und öden Raumhafen. Seit drei Tagen hatte er den Turm nicht mehr verlassen, seine Kollegen und Kolleginnen auch nicht, denn in der Stadt war es zu unsicher, und Schießereien zwischen patroullierenden Sicherheitsstreitkräften und plündernden Haufen waren an der Tagesordnung.

Mit einem Fluch schleuderte Fannhild seine Thermosflasche in die Ecke, wo sie unter Splitterregen zu Boden ging. Er hatte seine Tagesration schon innerhalb der ersten Dienststunde getrunken.

Dienststunde? Zum Lachen! Es gab keinen Dienst mehr. Es kamen keine Hyperfunksprüche mehr herein, und er hatte keine abzustrahlen. Wen, zum Teufel, sollte er denn anrufen? Die Raumer vielleicht, die trotz Startverbot in einem Massenstart davongerast waren und nun zu Mars, Venus und den beiden Jupitermonden Gannymed und Kallisto unterwegs waren, wo es noch genug Wasser geben sollte? Oder hatten sie es vorgezogen, in Transition das Solsystem so weit wie möglich hinter sich zu bringen?

Er wußte es nicht, und es war ihm auch vollkommen egal. Er bedauerte nur, nicht auch an Bord eines dieser Raumer zu sein, und wenn er für die nächsten vierundzwanzig Stunden hätte dursten müssen, aber danach gab es dann Wasser in Hülle und Fülle.

Für alle, für ihn auch. Und nicht nur für diese Bonzen hier auf der Erde, die es sich mit ihrem Mammon erlauben konnten, schwarz so viel Wasser zu kaufen, wie sie wollten.

Hatte man nicht erst vor 24 Stunden diesen millionenschweren Peet Darker erwischt, der sogar noch seinen Swimming-pool in Betrieb hatte und mit seinen Gespielinnen fröhlich darin herumgeschwommen war?

Parkers Pech, daß man ihn auf der Straße totgeschlagen hatte. Eine Stunde später hatte es in seinem Plantschbekken keinen Tropfen Wasser mehr gegeben. Menschen, halb wahnsinnig vor Durst, hatten ihn leergeschöpft und – leergetrunken.

Wasser! dachte er, und er stellte sich einen Wasserfall vor, der aus einer Felswand kam, unter den er sich stellte, um zu trinken.

Roger Fannhild wischte sich den Schweiß von der Stirn.

Aus Richtung der Stadt kamen drei Jett-Gleiter mit toller Fahrt heran.

Ob sie Wasser brachten?

Die Jett-Gleiter wurden größer. Das Heulen ihrer Triebwerke hörte sich schauerlich an.

Nanu, warum änderten sie den Kurs und flogen genau den Tower an?

Roger Fannhild ahnte nicht, daß er nur noch ein paar Sekunden zu leben hatte. Sein Verwundern wurde noch größer, als alle drei Gleiter in Formation aus der Höhe herunterstießen.

Er schrie auf, als er die schwarzen Punkte fallen sah.

Die aufbrüllenden Detonationen und den Zusammensturz des Towers erlebte er nicht mehr. Als das riesige Bauwerk unter dem Explosionsdruck seine Stabilität verlor, zusammenknickte und dann unter infernalischem Knirschen, Krachen und Brüllen einstürzte, war Roger Fannhild schon längst tot.

Drei Jett-Gleiter mit Wahnsinnigen an Bord rasten wieder der Stadt zu.

Eurasien begann zu einem Irrenhaus zu werden, in dem verdurstende Menschen jeden moralischen Halt verloren hatten.

*

Die tausendste Entsalzungsanlage an der normannischen Küste wurde in Betrieb gesetzt. Man feierte es nicht. Man hatte ja keinen Grund dazu.

Wasser marsch! hieß die Devise.

Der leitende Ingenieur drückte den Hauptschalter. Er drückte ihn noch einmal, und dann erst sah er genauer hin.

Sein Gesicht war grau, als er sich umdrehte und seine Kollegen in ihren verschwitzten Overalls ansah.

»Wir haben keinen Strom! Man muß uns in den letzten paar Sekunden den Strom gesperrt haben.«

Ein schmächtiger, junger Mann mit roten Haaren sprang vor, blieb dicht vor seinem Leitenden stehen und schrie ihn an: »Wir kriegen kein Wasser? Wir bekommen nichts zu trinken? Dafür haben wir wie die Irren geschuftet? Und jetzt kein Wasser? Kein Wasser?«

Er beging kein Attentat.

Er nahm einen kurzen Anlauf, federte über die metallene Brüstung und sprang stumm in die Tiefe.

Auf dem Plastikbeton zerschellte sein Körper.

Drei Kilometer weiter flog eine Konverterstation in die Luft.

Wenig später hatten die Besatzung der 1000. Entsalzungsanlage und einige hunderttausend verdurstender Menschen keinen Durst mehr.

Der Strahlungstod hatte sie dahingerafft, und auch die Wahnsinnigen, die die Konverterstation gesprengt hatten.

*

Farin, der Mini-Planet, tauchte auf den Bildschirmen der TOLIMAN auf und wurde schnell größer.

Ax Torrner hatte den Anflug auf den Planeten befohlen. Die Oberflächentemperatur der kobaltblauen Höllensonne hatte ihn dazu veranlaßt. Sie war in diesem Augenblick genauso hoch wie an jenem Tag, als Farin ihren ersten Besuch abgestattet hatten.

Die Einflugschneise war frei.

Und Farin füllte inzwischen fast den großen Bildschirm im Leitstand des kleinen Raumers aus.

Stille in der Kommandozentrale, Stille im ganzen Schiff. Wer es sich leisten konnte, saß irgendwo vor einem Bildschirm und verfolgte den Anflug.

Viertausend Kilometer Höhe über Farin. Am nachtschwarzen Himmel der kobaltleuchtende Sonnenofen, und im Moment nicht sichtbar, dahinter die Planetengruppe aus vier Umläufern.

Farin – sein Durchmesser betrug nicht einmal dreihundert Kilometer, und dennoch mußte Farin einmal ein großer Planet gewesen sein, hinter dem sich drei andere vom Format Jupiters verstecken konnten.

Seine Sonne hatte ihn schrumpfen lassen. Dieselbe Sonne, die versuchte, ihre Planetenkinder zu fressen.

In Jahrmillionen hatten Gravostöße den Riesenplaneten zu einer winzigen Sternenkugel zusammengepreßt, und diese Kugel im nachtschwarzen Raum, relativ nicht allzuweit vom Zentrum der Galaxis entfernt, flog die TOLIMAN an.

Im Schiff heulten die Schwerkraftausgleicher. Der letzte Mann trug seinen Raumanzug. Ununterbrochen kamen aus der Zentrale die Durchsagen.

Die Schwerkraft stieg, je näher die TOLIMAN ihrem Ziel kam.

Es war genauso wie beim letztenmal, nur hatte damals noch keiner gewußt, in welches gefährliche Abenteuer sie sich einließen.

»Höhe hundert Kilometer.« Unverändert klang Captain Pajas Stimme. Er hatte seine Hose noch nicht voll.

Die Instrumente führten einen Tanz auf, der die Gefahr

aufzeigte, der sie sich näherten. Auf Vollast lief die negative Beschleunigung des kleinen Schiffes, aber der geschrumpfte Planet, der unter den Schwerkraftstößen seines Muttergestirns vor Äonen schon hätte zusammenbrechen müssen, zog die TOLIMAN an, als ob er ein Magnet wäre.

Wiederum war das Schiff zu schnell geworden.

Paja schaltete Antischwerkraft auf Maximum und hatte plötzlich Angst vor negativer Gravo, die nach Easton Craigs Gravo-Theorie mit anti nichts, aber auch gar nichts zu tun haben sollte.

Mit Craig war es so, wie damals beim seligen Einstein, als er seine Relativitätstheorie aufstellte, die von dem meisten seiner Kollegen nicht verstanden wurde. Die wenigen, die sie verstanden, hatten in ihrer sturen Gelehrigkeit einfach nicht einsehen wollen, daß er recht hatte.

Die TOLIMAN bremste mit allen Kräften ab. Der Andruck wurde nicht wirksam. Farin schien zu ihnen hinaufzusausen. Der winzige Planet mit seinem Durchmesser von zweihundertachtundsiebzig Kilometern sprengte die Bildschirmfläche.

Grau und braun und grau und braun sah er überall aus. Er war rund und doch keine polierte Kugel. Der Mini-Planet war voller Runzeln und Furchen. Die spärlichen Hinweise auf seine einst gigantischen Gebirge, als er noch eine große Sternenkugel gewesen war.

Ax Torrner stand hinter seinem Captain und beobachtete zwei Astro-Schirme gleichzeitig.

Er ließ die kobaltblaue Sonne nicht aus den Augen.

Von ihr drohte Gefahr, nicht von Farin, der Mini-Welt.

Hart setzte die TOLIMAN mit ihren Teleskopstützen auf.

Das Heulen und Brausen aus dem Triebwerksraum verging, aber die Instrumente verrieten, daß nichts auf Null geschaltet worden war.

Zu jeder Sekunde mußte das Schiff starten können – und wenn erforderlich, aus dem Stand in einer Nottransition.

»Paja, wieviel Zeit kann uns zur Verfügung stehen?«

Der Captain war wortkarg geworden und zuckte mit den

Schultern. Torrner hatte auch keine Antwort von ihm erwartet. Er beugte sich vor und informierte seine Einsatzgruppe, sich zum Ausschleusen bereitzuhalten. Dann hatte er Verbindung zu Ev Dillon.

»Ev, wir sind klar zum Aussteigen. Was macht das Neutro-Feld?«

»Immer noch labil im Jota-Sektor, Sir.«

»Dann haben wir uns damit abzufinden. Bis dann.«

Ax Torrner verließ die Zentrale. Captain Paja wußte, was er zu tun hatte. Notfalls ohne die Männer, die gleich Farin betraten, zu starten, um nie wiederzukommen.

Vor der Schleuse traf Torrner auf seine Männer. Mit ihnen war er auch nach der ersten Landung auf Farin nach draußen gegangen. Letzte Kontrolle des Helmfunks, dann sprang das doppelflügelige Schleusentor auf und schloß sich hinter ihnen.

Pumpen saugten die Luft ab.

Grün-Kontrolle flammte auf. Der Weg nach draußen war frei.

»Schwerkraftschirm stabil?« Rundfrage Torrners an alle anderen.

Farin war ein unheimlicher Planet, der nach seinen Berechnungen einmal dreifache bis fünffache Jupitergröße gehabt haben mußte. Die Kobaltsonne hatte ihn zu einem häßlichen Zwerg werden lassen.

Die deflektorischen Schwerkraftschirme ihrer Raumanzüge arbeiteten einwandfrei.

Die Außenschleuse sprang auf.

Farin, der Mini-Planet, lag vor ihnen. Langsam gingen sie die Rampe hinunter.

Der Helmfunk übertrug ihren Atem.

Die Sicht war unheimlich gut. Kein einziges Gasatom gab es über dem Mino-Planeten. Torrner warf der Sonne einen forschenden Blick zu. Sie bereitete ihm Sorgen, nachdem er ein bißchen mehr über sie wußte als bei der ersten Landung.

In diesem Einsatz wurde alles gewagt – ihre Existenz und die des Raumschiffes. Aber als er an Asien und Europa dachte, und welche Zustände im Augenblick auf diesen

Kontinenten herrschten, traten seine Sorgen in den Hintergrund.

»Roboter folgen lassen!« ordnete er über Helmfunk an.

Mit seinen Männern war er am Fuß der Rampe stehengeblieben. Er sah zu, wie die Allzweckmaschinen langsam aus der Schleuse rollten, ihr Antikraft-System einschalteten und zu schweben geganngen. Drei der sieben Aggregate schimmerten blau-violett. Unter ihrer metallenen Verkleidung befanden sich hochwertige Ortungsgeräte, die die Aufgabe hatten, ununterbrochen die gefährliche Sonne zu beobachten, die in unregelmäßigen Abständen noch immer nicht erklärbare Schwerkraftstöße – und manche davon sogar gezielt – abgab. Die vier anderen sollten ihnen gleich bei der Bodenanalyse wertvolle Dienste leisten und ihnen auch die Hauptarbeit abnehmen.

Ax Torrner bekam ein paar Minuten Zeit nachzudenken. Seine Gedanken kreisten um diesen Mini-Planeten, der durch die Gravostöße seines Muttergestirns weder zu einem Pulsar, noch zu einem Kollapsar verändert worden war. Hier hatte ein Vorgang stattgefunden, wie Astro-Experten ihn noch nie beobachtet hatten. Was an diesem Fall so interessant war, lag in der Tatsache, daß durch eine Sonne ein Planet so erstaunlich stark verändert worden war. Aus einem riesigen Umläufer war ein Mini-Planet geworden, der sich trotz aller Gravostöße geweigert hatte, auseinanderzufliegen, noch zu einem Neutronen-Satelliten zu werden. Daß er keine Gefahr lief, in den Bereich dieses Zustandes zu geraten, bewies seine relativ lange Rotationszeit, denn alle bisher bekannten Neutronensterne besaßen Rotationsperioden, die zwischen einigen tausendstel Sekunden und maximal fünf Sekunden lagen.

Farins Rotationszeit war die eines normalen Planeten.

Wal Donkay übernahm die Kontrolle der Roboter und begann sie mit seinem Steueraggregat an seine Funkleine zu nehmen. Nacheinander führte er die Überprüfungen durch, und binnen weniger Minuten konnte er seine Checkliste, ohne einen Rotpunkt anzubringen, einstecken.

Durch irgend etwas Unbestimmbares beunruhigt, beobachtete Torrner seine winzigen Gravo-Kontrollinstrumente im Unterteil seines transparenten Raumhelmes. Ihre Anzeigen gefielen ihm nicht.

Was ging zur Zeit auf oder in Farin vor? Welche physikalischen Vorgänge bahnten sich an? Oder war der Mini-Planet daran vollkommen unschuldig und hatte alles seinen Ursprung in der kobaltblauen Sonne? Drei von sechs Meßgeräten zeigten Werte an, die, zusammengebracht, nicht auf einen Nenner geführt werden konnten.

Mart Wing hatte die gleichen Beobachtungen gemacht und meldete sie Torrner.

»Ich weiß nicht, was auf uns zukommt. Wir müssen uns in jedem Fall sehr beeilen und dürfen keine einzige Minute verschwenden.«

Wing erinnerte an Ev Dillon, die sich noch nicht gemeldet hatte.

»Sie wird es in den nächsten Minuten tun, Mart. Machen wir uns an die Arbeit.«

Niemand brachte einen Einwand vor.

Die sieben Robot-Aggregate schwebten ihnen voraus. Die Menschen konnten sich nur mit Hilfe ihrer deflektorischen Schwerkraftschirme auf diesem ungewöhnlichen Mini-Planeten bewegen. Die Schirme waren so einmalig, wie das von Torrner entwickelte und konstruierte Neutro-Feld, das mit seiner Spannungslosigkeit ein Novum darstellte.

Aber war nicht alles auf und in Farin ein Novum?

Funker Hull meldete sich aus dem Schiff.

»Sir, es ist wie beim erstenmal: die Verständigung zwischen Ihnen und uns wird mit jedem Meter, um den Sie sich weiter von der TOLIMAN entfernen, schlechter, aber im Vergleich zur ersten Landung ist sie heute katastrophal. Ich schätze, noch hundert Meter weiter, und wir können uns nicht mehr . . . Hallo, Bild! Sir, ich kriege kein Bild mehr auf den Schirm! Stimmen Ihre Einstellungen nicht mehr?«

Das war der erste Zwischenfall. Die Bildübertragung fiel aus. Nur noch die Tonphase stand. Sie übermittelte immer stärker werdendes Krächzen, und manche Worte gingen darin vollkommen unter.

»Weiter! Nicht aufhalten lassen!« ordnete Torrner an. »Dieser Zwischenfall ist hier normal.« Dabei glaubte er selbst nicht, was er sagte.

Was bahnte sich auf oder in Farin an?

Der Boden, über den sie schritten, war grau, manchmal braun und an einigen Stellen schwefelgelb. Auch rote und grüne Farbtöne waren zu sehen, doch sie dominierten nicht.

Eins der sieben Robot-Aggregate hatte aufgesetzt. Seine beiden kleinen Parabolantennen richteten sich in Richtung Boden aus. Der zweite Roboter stoppte und setzte auch auf. Im Empfang waren helle Pfeiftöne zu hören.

Die Boden-Analyse lief, robotisch durchgeführt. Sie war genauer und kostete viel weniger Zeit, als wenn ein Mensch sich damit beschäftigt hätte.

Die übrigen Roboter schwebten nun auch nicht mehr und aktivierten sich. Torrner und seine Männer blieben neben ihnen stehen. Der Boden unter ihren Füßen hatte sich in seinem Aussehen schlagartig verändert. So weit sie sehen konnten, gähnte sie undefinierbares Grau an, das aus einem Guß zu sein schien.

Das helle Pfeifen im Empfang brach ab. Knattern folgte, und danach erschienen in der Transparenz der Raumhelme Zahlengruppen, die langsam über die Rundung wanderten und an der anderen Seite wieder verschwanden.

»Wir sind richtig«, sagte Torrner. »Donkay, Robot-Einsatz!«

Der gab nicht einmal ein Okay von sich.

Die Sprechverbindung mit der TOLIMAN war abgebrochen. Unbeschreibliches Krächzen hatte jede Verständigungsmöglichkeit ausgeschlossen.

Farin, bar jeder Lufthülle, war keine Luna, und es gab nicht ein Staubmolekül auf diesem Schrumpf-Planeten. Seine Materie war mit normalen technischen Mitteln nicht anzugreifen, aber Torrner und seine Mitarbeiter hatten nach der ersten Landung auf diesem Rätsel-Umläufer durch Zufall eine Methode entdeckt, mit der es möglich geworden war, dem festen Bodenmaterial Proben zu entnehmen.

»Sir«, meldete sich Wing, »das Delta-Spektralband verändert sich.«

Und das stammte von der kobaltblauen Sonne.

»Ja.« Mehr kam als Antwort nicht. Torrner hatte nur noch Augen für dieses Band, das er auf seinem winzigen Bildschirm betrachten konnte. Die b-Linien darin wurden immer kräftiger und breiteten sich nach beiden Seiten mit derselben Geschwindigkeit aus, fraßen dabei Kappa-3 und Lambda-7 regelrecht auf.

»Sir, was spielt sich da ab?« fragte jetzt Wal Donkay besorgt.

»Wenn ich es wüßte, Wal. Lassen Sie die Roboter mit maximaler Leistung arbeiten, denn ich befürchte, daß wir uns gleich sehr beeilen müssen, um noch heil ins Schiff zu kommen.«

»Wir haben es mit einem Neutronenstrom zu tun.«

Das wollte Torrner gar nicht mehr hören, denn er sah es selbst. »Donkay, wie weit sind wir?«

»Haben das halbe Pensum erledigt. Schätze, noch acht bis zehn Minuten.«

»Dann wird es für uns alle zu spät sein«, murmele Torrner, der nur noch die winzigen Meßinstrumente und die drei kleinen Bildschirme in seinem Klarsichthelm betrachtete. »Aber . . . Bilde ich es mir ein, oder verlangsamt sich die Veränderung auf dem Delta-Spektralband tatsächlich?«

»Verlangsamung, Sir. Doch was bedeutet das schon wieder?« Wings Frage war berechtigt, nur konnte sie auch ein Torrner nicht beantworten.

Er war der einzige, der der Sonne einen Blick zuwarf. Einen Augenblick lang stockte sein Atem.

Innerhalb von Minuten hatte die Sonne ihr Aussehen verändert.

Der Kobaltfarbton war verblaßt.

Sie begann grün zu leuchten. Das Leuchten kam aus den Tiefen und brach sich mit gewaltigen Protuberanzen den Weg in den freien Raum, doch diese Protuberanzen kamen nicht weit. Unsichtbare Titanenkräfte lenkten sie ab und holten sie wieder auf die Sonnenoberfläche zurück. Es sah so aus, als ob die Sonne auch jeden Ausbruchsversuch ihrer Protuberanzen unterband.

Ein Schrei aus Donkays Mund ließ alle zusammenzukken.

Dann war es nicht mehr erforderlich, daß ein Wort zur Erklärung gesagt wurde.

Deutlicher als die Meßinstrumente es aussagten, vermochten es Worte auch nicht.

Ihr Planet, auf dem sie standen, begann zu kollabieren und zog sich noch mehr zusammen.

Ein Planet schrumpfte unter ihren Füßen.

Innerhalb weniger Sekunden hatte sich sein Durchmesser um mehr als zehn Kilometer verringert. Schlagartig war die phantastische Dichte seiner Oberfläche um mehr als zehn Prozent gestiegen.

Die deflektorischen Schwerkraftschirme ihrer Raumanzüge drohten zusammenzubrechen.

Die höllische Sonne am nachtschwarzen Himmel war ein grünleuchtendes Feuerauge geworden und zeigte keine einzige Protuberanze mehr!

»Abbrechen!« schrie Ax Torrner, der plötzlich Angst hatte, daß sie nicht mehr zu TOLIMAN zurückkommen würden.

»Noch eine halbe Minute, Sir, und wir haben unser Pensum erledigt«, widersprach Wal Donkay.

»Abbrechen! Sofort Schluß machen! Zurück zum Schiff, oder dieser Planet vernichtet uns!«

So hatte noch niemand den Wissenschaftler schreien hören.

»Roboter marsch!«

Die seelenlosen Aggregate gehorchten auf die Kommandoimpulse, brachen ihre Arbeit ab, bekamen mit ihren Klauenarmen die herausgearbeiteten Bodenproben zu fassen und folgten schwebend den Menschen, die so schnell wie es ging, auf die TOLIMAN zuliefen.

Ein grünleuchtendes Feuerauge am nachtschwarzen Himmel, das immer satter zu strahlen begann, zeigte jetzt auch noch ein Pulsieren, das in seinem Rhythmus sich immer mehr beschleunigte.

Wie Leuchtfeuer, das eine Katastrophe ankündigt.

Wie Leuchtfeuer, das im letzten Handeln den Untergang meldet, der nicht mehr aufzuhalten ist.

Farin und seine Sonne hatten schlagartig verraten, daß es zwischen ihnen hochenergetische Verbindungswege gab, die außerhalb der in der Physik bekannten Routen lagen.

Farin zog sich im Rhythmus seiner pulsierenden Grün-Sonne immer mehr zusammen.

War Farin auf dem Weg, ein Pulsar zu werden?

Dreihundert Meter weit lag die TOLIMAN entfernt.

Sie würden es nie mehr schaffen, heil das Schiff zu erreichen. Torrner war davon überzeugt. Die Konverter in ihren Raumanzügen arbeiteten mit maximaler Leistung und waren kaum noch in der Lage, die für die deflektorischen Schwerkraftschirme erforderlichen Energiemengen aufzubringen.

Farins Schwerkraft wuchs ins Gigantische. Noch nie hatten Menschen einen Planeten mit diesen Schwerkraftwerten betreten.

Da setzten die sieben Robot-Aggregate an, die verzweifelte Gruppe zu überholen.

Ein Glück, daß wenigstens auf diese kurze Distanz die Helmfunk-Verbindung untereinander noch klappte.

»Aufsitzen!« schrie Ax Torrner. »Aufsitzen!«

Niemand wußte, ob sie den Wettlauf gegen die Zeit gewinnen würden. Auch der letzte Mann aus der kleinen Gruppe hielt sich irgendwo krampfhaft an einem der Aggregate fest, blickte genauso wie Ax Torrner abwechselnd zur höllischen Sonne hinauf oder zur TOLIMAN hinüber.

Immer noch keinen Funkkontakt mit dem Schiff!

Der Boden unter ihnen riß auf, die Risse schlossen sich wieder.

Noch dreißig Meter bis zur rettenden Schleuse . . .

»Sir! Sir! Wir können Sie wieder sehen!« Das war der Schrei des Funkers Hull aus seiner Zentrale. »Captain, noch nicht starten! Sie kommen! Sie kommen doch noch!«

Drehte Hull durch?

In der offenen Schleuse war Ev Dillon zu sehen. Im

Schutz ihres deflektorischen Schwerkraftschirmes gab sie ihnen durch erregte Gesten zu erkennen, sich zu beeilen.

Mit gleichbleibender Geschwindigkeit schwebten die Robot-Aggregate mit ihren menschlichen Passagieren die Schräge der Rampe hinauf. Ihre leistungsstarken Konverter hatten den Kampf gegen die hochschnellenden Gravo-Werte bis jetzt noch gewonnen.

Noch . . .

Plötzlich war Sprechkontakt mit Ev möglich. Sie rief ihnen über Funk zu:

»Paja muß in dreißig Sekunden starten oder wir kommen hier nie mehr weg! Das Neutro-Feld steht . . .«

Ja, schoß es Ax Torrner durch den Kopf, der sich über sein Verhalten selbst wunderte. Er hatte in keiner einzigen Sekunde die Übersicht verloren, war kein Opfer der Panik geworden. Wenn das spannungslose Neutra-Feld stand, dann . . .

Er sprang ab. Die anderen folgten seinem Beispiel.

Funkverkehr mit dem Captain.

»Paja, wir benötigen noch eine halbe Minute, oder das Schiff fliegt im Raum auseinander!«

Paja verstand, aber er wußte auch, was er mit dieser halben Minute Startverzögerung riskierte.

Diese verdammte, nun gräßlich grün leuchtende Sonne, dieser unheimliche Schnellrotierer, machte aus seinem Mini-Planeten eine vertrocknete Rosine.

Und sie kamen nicht mehr weg.

Unmöglich bei diesen Schwerkraftwerten.

Paja schloß die Augen, als die Instrumente ihm verrieten, daß der äußere Schutzschirm sich nicht mehr erstellen ließ.

Aus! dachte er, schrie auf, weil der Erste ihm die Faust gegen die Rippen geboxt hatte. Und der brüllte ihn an: »Captain! Captain! Easton Craig hat doch recht gehabt mit seiner negativen Schwerkraft. Sehen Sie doch! Sehen Sie!«

Es war verrückt!

Irgend etwas ließ den Mini-Planeten mit einer unheimlichen Geschwindigkeit weiterschrumpfen, als wäre seine

Materie eine breiige, mit Luft durchspülte Masse, aber Farins Bravo-Werte waren von einem Augenblick zum anderen umgepolt worden.

Minus-Gravo! Negative Schwerkraft!

Und die tat ihnen nichts. Die sprach auf sie und das Schiff nicht an.

In der Schiffszentrale flammte eine Grünkontrolle auf.

Ein Wunder war geschehen.

Die äußere Schleuse war geschlossen worden. Die TOLIMAN konnte starten.

Notstart.

Paja riß seine Hand zurück, die die Notstarttaste in die Arretierung schlagen wollte.

Verdammte Pest! dachte er, und über die Bordverständigung schrie er durch: »Habt ihr den Stoff im Neutro-Feld?«

Wie Balsam wirkte Ax Torrners Stimme.

»Im Neutro-Feld, Paja. Starten Sie! Not-Transition!«

Ein Sprung aus dem Stand war immer mit einem lebensgefährlichen Risiko verbunden, aber was gab es auf diesem schrumpfenden Planeten mit seiner Höllensonne noch zu riskieren?

Freund Hein streckte schon seine Knochenhand nach ihnen allen aus.

Pajas Faust schlug krachend gegen die Nottaste. Die TOLIMAN, jetzt vom Bordgehirn übernommen, holte mit ihren Energiereserven tief Luft, um in Transition zu gehen. Im Stand entmaterialisierte das tropfenförmige kleine Raumschiff, und gigantische Energiemengen schleuderten es in den Hyperraum, in dem es weder Zeit noch Distanz gibt.

»Paja . . .«

Das war das letzte, was der Captain bewußt wahrnahm.

Dann gab es nichts mehr.

*

Und auch die Erde schien es nicht mehr zu geben – Terra, die Planeten und die Sonne.

Mit den Sternenkarten kam die Besatzung der TOLIMAN nicht weiter. Kein einziges System konnte erkannt werden.

Die TOLIMAN befand sich in einem Raumsektor, der noch nie kartografisch erfaßt worden war, und das waren nicht wenige in der Galaxis.

Die Nottransition von Farin aus hatte das Schiff durch den Hyperraum in einem Gebiet des Universums wieder rematerialisiert, aus dem es keinen Weg nach dem Solsystem zu geben schien.

Nach vielen Stunden gab auch Ax Torrner auf. Hull, der Funker, hatte schon lange gepaßt. Terra war über Hyperfunk nicht zu erreichen und auch nicht zu hören.

Verloren hing die TOLIMAN im endlosen Raum. Die fernen Sonnen auf samtschwarzem Hintergrund leuchteten wie giftige Augen über die Bildschirme herein.

Das schwere Schott zur Zentrale öffnete sich und schloß sich nach kurzer Zeit wieder.

Ev Dillon blieb neben Ax Torrner stehen.

Sie brachte keine guten Nachrichten mit.

»Sir, die Unstabilität des Jota-Sektors im Neutro-Feld wird immer größer und ist kaum noch unter Kontrolle zu bringen.«

»Das hat uns noch gefehlt, Ev.« Mehr konnte er dazu nicht sagen. Jetzt lief sein Schiff auch noch Gefahr, auseinanderzufliegen. Aber war das nicht besser, als auf Äonen hinaus zwischen den Sternen zu treiben, bis der letzte von ihnen von Freund Hein geholt worden war?

Irgend etwas in Torrner wehrte sich gegen diese Einstellung. Sein Lebenswille verdrängte alle Depressionen.

»Ev, kommen Sie mit! Und Sie, Paja, müssen das Solsystem finden oder wenigstens unsere Position bestimmen können!«

Damit verließ er den Leitstand.

»Der hat gut reden«, brummte der Captain und zuckte mit den Schultern. Selten in seinem Leben war er sich so hilflos vorgekommen wie in dieser Lage.

Es war zum Verzweifeln. Kein Stern, kein einziges System bekannt. Es gab keine Karten über diesen Raumabschnitt. Es war rechnerisch nicht mehr feststellbar, wohin die Nottransition die TOLIMAN gebracht haben mußte.

In der Transition hatten drei Sicherungen des Bordcomputers nicht ordnungsgemäß angesprochen und das Rechengehirn für den Bruchteil einer Nanosekunde zehnmal mehr Energie zugeführt erhalten, als es vertragen konnte.

Resultat: Unbeabsichtigte Löschung von einem Hundert wichtigster Daten.

Funker Hull ließ sich in der Kommandozentrale sehen. Paja fauchte ihn an, als ob der Mann die Räude hätte, wollte ihn in seinen Funkraum zurückjagen.

Hull zuckte mit keiner Wimper. Kalt erklärte er: »Was soll ich da? Mich noch länger langweilen, Captain? Der Hyperfunk ist gestorben. Nicht ein Blip ist zu sehen, bis auf einige verdrehte Amplituden, die nicht zu identifizieren sind.«

»Verdrehte . . .?« Paja betrachtete seine Fingernägel, als sähe er sie zum erstenmal. »Verdrehte Amplituden, Hull? Die will ich mir mal ansehen.«

Und er sah sie sich an, und er wurde aus ihnen auch nicht klug.

»Ziemlich konfus, Captain, nicht wahr?«

Wie von einer Tarantel gebissen, sprang der auf und stürmte hinaus. Im Kartenraum scheuchte er zwei Mitglieder der Bordbesatzung von ihren Plätzen. Die Archiv-Steuerung arbeitete exakt, die Projektion kam, und mitten im Raum auf einer gesteuerten Feldfläche tauchte eine verdrehte Amplitude nach der anderen auf.

Mit wahrer Engelsgeduld ließ er sich eine nach der anderen zeigen. Barsch forderte er seinen Ersten auf, ihn nicht zu belästigen, als dieser eine wichtige Auskunft einholen wollte.

Paja fühlte sich als Jäger. Instinktiv ahnte er, daß seine Pirsch erfolgreich sein würde, denn eine von diesen verdrehten Blips, die er auf Hulls Funk-Ozillo gesehen hatte, war ihm bekannt vorgekommen. Nun wollte er wissen, welche Sonne diese Amplitude emittierte.

Ax Torrner war hereingekommen und schnell wieder

gegangen. Er hatte kein Wort gesagt. Ein Zeichen, daß auch er mit der Unstabilität des Jota-Sektors am spannungslosen Neutro-Feld nicht fertig geworden war.

Schöne Aussichten für die allernächste Zukunft.

Dann hatte der Captain diese Tatsache schon wieder vergessen.

Er sprang auf, nur kam kein Ton über seine Lippen.

»Projektion stop!«

Hull hatte zu kommen, und der Funker kam. Er warf einen Blick auf das projizierte Bild, holte tief Luft und sagte: »Gratuliere, Captain. Welche Sonne strahlt diese Amplitude ab?«

Der warf einen Blick auf die Unendlich-Folie. In strahlenden Leuchtbuchstaben stand darauf: 00 456 ZPR 123, Grün 36:2,11; Rot 03:00,87; Blau 174:73,108.

Sonne 00 456 ZPR 123!

Der Katalog gab präzise Antwort, die Koordinaten auch.

»Schön!« sagte Paja bissig, als er die Sternenkarte zur Seite schleuderte. »Jetzt hilft nur noch Glück, Hull. Weiß der Himmel, wie wir zwischen den beiden Dunkelwolken wieder in den freien Raum kommen. Ausgerechnet in diesem Sektor ist noch nie ein Schiff gewesen.«

»Aber wir haben doch die Position der M-Sonne.«

»Und, Hull? Mann, können Sie mir verraten, wie wir bei unseren Messungen die Mißweisungen durch diese Dunkelwolke berücksichtigen können?« Er nahm wieder die Sternenkarte zur Hand und studierte sie. »Nicht mal ein Annäherungswert ist angegeben, wie dick diese Dunkelwolke sein könnte. – Hull, warum starren Sie mich so entgeistert an?« fragte er wütend.

»Weil Sie einen wichtigen Punkt übersehen haben, Captain. Aus dem Katalog kennen wir den Strahlungswert im f-0,35-Bereich. Wir können den bei uns einfallenden Strahlungswert also genau berechnen. Anhand der Differenz müßte es daher möglich sein, den Absorptionswert der Dunkelwolke zu bestimmen. Mit diesem Wert ist dann nach dem Fergusson-Verfahren die Dicke der Dunkelwolke zu berechnen, wenn auch mit einem Unsicherheitsfaktor von plus/minus fünfundzwanzig Prozent.«

Eine Zeitlang sagte Captain Paja gar nichts, dann ließ er die Sternenkarte auf den Tisch fallen, klopfte dem Funker auf die Schulter und sagte: »Rindvieh!«, um aber schnell hinzuzufügen: »Damit sind Sie nicht gemeint, Hull. Ich habe mir erlaubt, mich einzustufen. Machen wir uns an die Arbeit!«

Ax Torrner störte.

»Wir haben noch sechzehn Stunden Zeit. Ist diese Frist verstrichen, muß unsere Ladung über Bord.«

Mit anderen Worten: lange vor Ablauf dieser Zeitspanne mußte die TOLIMAN über der Erde stehen.

»Hull, ob wir das schaffen?« fragte Paja, als er mit dem Funker wieder allein war.

»Wir müssen es wohl, Captain, nur sieht es verdammt schlecht aus.«

Und das war nicht übertrieben.

*

Ren Dhark stand vor der schweren Entscheidung, entweder Eurasien seinem Schicksal zu überlassen oder mit den Einheiten der Terranischen Flotte die Ruhe und Ordnung auf diesen Großkontinenten wiederherzustellen. Was das an Blut und Tränen kosten würde, war ihm klar.

Für die Menschen in Eurasien war es eine Minute vor zwölf – für diejenigen, die noch lebten. Indien allein hatte inzwischen mehr als achtundzwanzig Millionen Verdurstete gemeldet. Experten hatten sofort behauptet, daß diese Zahl den Tatsachen nicht entsprechen würde, denn ein Fünftel des Subkontinentes war nicht nur eine tote Wüste geworden, sondern stand seit Tagen und Wochen in Flammen.

Auch die sibirische Taiga brannte, die Lysa Gora, die Karpaten. Die waldreichen Hänge des Urals drohten zu einem Feuermeer zu werden. Und was das Feuer nicht vernichtete, begruben die immer schrecklicher werdenden Staubstürme, die gleich Tornados Tausende von Kilometern weit über die Länder rasten, unter sich. Das hochindustrielle Europa war nicht mehr in der Lage, seine Entsalzungsanlagen an den Küsten zu schützen, die energieliefernden Konverterstationen oder die Wasser-Pipelines. Der größte Teil der Städte war sich selbst überlassen. Gut ein Drittel der Sicherheitsstreitkräfte war desertiert.

Tag um Tag brannte die mörderische Sonne vom wolkenlosen Himmel.

Nicht eine einzige Regenwolke wurde über Eurasien gesichtet.

Blauer Himmel von morgens bis abends, Tag um Tag. Die Sonne war ein Glutofen. Große Flüsse waren vor Wochen schon zu Rinnsalen geworden und diese dann von einer Stunde zur anderen verschwunden. Bis zum Abend war dann der Schlamm in den ausgetrockneten Flußbetten hart wie Beton geworden und unter der infernalischen Hitze gerissen.

Die Menschen starben wie Fliegen. Niemand zählte die Toten. Statistiken wurden nicht mehr weitergeführt. Alles war so sinnlos geworden.

Auch von Ax Torrner war keine Rettung zu erwarten, denn Ax Torrner mit seinem Wunderwasser kam von den Sternen nicht zurück.

Er und seine TOLIMAN waren überfällig, schon seit Tagen.

Im Antigrav-Lift traf Sternverwalter Ren Dhark mit dem Hauptgesandten des Talmin-Imperiums Bram Pradal zusammen. Er wechselte zu diesen Plus-Sphäre über und schwebte mit ihm zum Flachdach hoch. Pradal brachte die Sprache sofort auf Eurasien.

»Deswegen wollte ich Sie sprechen, Bram«, sagte Dhark. »Besteht immer noch keine Aussicht, daß Ihr Imperium uns ein paar tausend Einheiten Ihrer Tanker-Raumer zur Verfügung stellt?«

Der Talminer schüttelte den Kopf. »Ich hätte mich sofort bei Ihnen gemeldet, wenn meine Regierung grünes Licht angezeigt hätte. Was werden Sie nun tun, da mit Torrners Rückkehr oder seiner rechtzeitigen Rückkehr nicht mehr zu rechnen ist, Dhark?«

Sie waren auf dem Flachdach des höchsten Stielbaues der Erde angekommen. Auf die Impulse von Ren Dharks eingepflanztem Körpersender hin hatten sofort fünf Roboter den Schutz des Sternverwalters übernommen. Der hatte sich daran längst gewöhnt. Bram Pradal konnte sich daran nicht gewöhnen, weil ihm diese Sicherheitsmaßnahmen ein Greuel waren und er sie sich verbeten hatte, als ihm seinerzeit die Sternverwaltung auch Schutzroboter zur Verfügung stellen wollte.

»Ich werde die Terranische Flotte einsetzen müssen, Pradal.«

»Hat das überhaupt noch Sinn? Wenn es über Eurasien nicht bald regnet . . .« Der Talminer atmete tief. »Zu den Eurasiern werden dann auch noch Angehörige der Terranischen Flotte sterben, in bürgerkriegsähnlichen Kämpfen den Heldentod finden.« Er blickte den Sternverwalter fragend an. Der wich dem Blick des Talminers nicht aus.

»Wie ich über sinnloses Sterben denke, das wissen Sie, Bram Pradal. Aber im Fall Eurasien muß ich die Flotte einsetzen, wenn ich verhindern will, daß sich auch die beiden letzten Eurasier zum Schluß gegenseitig wegen eines Tropfen Wassers umbringen.«

»Wollten Sie nicht auch in den beiden Polbereichen Kältebomben einsetzen, um dem bedrohlichen Kalben der Rieseneisberge ein Ende zu bereiten?«

Dhark stutzte, weil der Talminer das Thema gewechselt hatte. Er kannte diesen Gesandten zu gut, um nicht Verdacht zu schöpfen, daß dieser mit dem Themenwechsel auf etwas Bestimmtes nachdrücklich hinweisen wollte.

»Ich wollte. Ja, das stimmt. Ich hatte sogar schon den Einsatzbefehl erteilt. Ich nahm ihn wieder zurück. Die Gefahr, daß dadurch der mittlere Durchschnittswert der Lufttemperatur um ein Grad sinken könnte, war mir doch zu groß. Experten verstanden es, mich zu überzeugen.«

Der Talminer nickte. »Wäre es dann nicht auch angebracht, sich noch einmal mit Fachleuten zu besprechen, die über Eurasien bestens Bescheid wissen, Dhark?« Der Gesandte legte ihm die Hand auf den Arm und sagte dann hastig: »Sie entschuldigen mich bitte. Ich bin verabredet und möchte nicht unpünktlich sein. Vielleicht erlaube ich mir, Sie heute abend noch aufzusuchen, wenn meine Verpflichtungen es zulassen.«

Er trat unter die energetische Abschirmung hinweg und in den Regen hinein, um auf den Kleinraumer zuzugehen, der die Emblemen seines Imperiums trug. Nachdenklich blickte ihm Ren Dhark nach, der dann wieder kehrtmachte und in der Minus-Phase des Antigrav-Liftes abwärts schwebte.

Vielleicht sollte er sich doch noch einmal mit Eurasien-Experten zusammensetzen und den Plan, die Terranische Flotte einzusetzen, durchdiskutieren.

Er warf seinen Terminplan um, kehrte in sein Arbeitszimmer zurück und wunderte sich nicht, auf seinem Schreibtisch einen Stapel Nachrichtenfolien liegen zu sehen.

Er überflog sie. Eine Folie von den vielen hielt er lange in der Hand, nachdem er sie gelesen hatte.

Die Eisfronten der Pole, die im Meer endeten, kalbten nicht nur ungewöhnlich oft, sie schmolzen mit erschrekkender Geschwindigkeit ab. Die Nachricht, die er in Händen hielt, besagte, daß durch das rapide Steigen des Wasserspiegels der Weltenmeere in den nächsten zwei Monaten mit der Evakuierung aller Küstenstädte begonnen werden müßte, sollte das Leben von Abermillionen Menschen nicht aufs Spiel gesetzt werden.

Ren Dhark preßte seine Handflächen gegen die Schläfen und stöhnte dabei: »Großer Himmel, nehmen die Katastrophen denn überhaupt kein Ende? Und gibt es wirklich keinen Menschen, der eindeutig erklären kann, warum es auf Terra zu dieser Wetterkatastrophe kommen konnte?«

Er sichtete den Folienstoß weiter durch.

Keine Nachricht von der TOLIMAN.

Keine einzige Station auf einem der Planeten der Föderation hatte einen Hyperfunkspruch von Torrners Raumschiff aufgefangen. Und er, Dhark, hatte den verzweifelten und gequälten Menschen in Eurasien Hoffnungen gemacht. Er hatte ihnen das Wunder Sternenwasser vorgegaukelt.

Oder war es Ax Torrner ein zweites Mal nicht mehr gelungen, an das mysteriöse Sternenwasser heranzukommen?

Ren Dhark schaltete sein Vipho ein und forderte die Eurasien-Experten auf, mit ihm noch einmal das Problem Europa-Asien durchzudiskutieren. Bei seiner Vorstellung, die Flotte gegen Eurasien einzusetzen, hatte er plötzlich ein ungutes Gefühl.

*

Die letzte Transition ließ die TOLIMAN zwischen Mond- und Erdbahn rematerialisieren.

Wie aus dem Nichts kommend, war die blaue Planetenkugel auf den Bildschirmen des Schiffes zu sehen.

Hull, der mit EURO-III immer guten Kontakt gehabt hatte, rief die Station vergeblich an. Woher wollte er wissen, daß Wahnwitzige den Tower mit seiner ganzen Besatzung in die Luft gejagt hatten.

Die große Hyper-Anlage von Palmer City meldete sich.

Ax Torrner hatte keine Zeit, Erklärungen abzugeben.

»Uns bleiben noch vier Stunden und achtzehn Minuten. Geben Sie für alle Bereiche, die für die Aufnahme von Sternenwasser vorgesehen sind, Großalarm! Bereiten Sie die Bevölkerung auf starke Druckwellen und nachfolgende Sandstürme vor! Ich fliege nach Plan die einzelnen vorbereiteten Speicherstellen an. Ende!«

Mehr Zeit hatte Ax Torrner nicht für sie. Die Sekunden rannen dahin, und daraus wurden Minuten und daraus wiederum Stunden – Stunden, die über das Leben von Abertausenden verdurstenden Menschen entscheiden konnten.

Aus der Funk-Zentrale eilte er zu Ev Dillon zurück.

Der große Raum im Heck des Schiffes vor dem Triebwerk war ein Gewirr von Spulen, Transformern, Klein- und Großkonvertern, einer komplizierten Spiegelanlage aus gesteuerten Magnetfeldern und einer auffallend kleinen Instrumentenwand, auf deren Konsole sich knapp zwanzig Schalter und Regler befanden.

Mitten in diesem Wirrwarr, von Antigrav-Kräften in der

Schwebe gehalten, befand sich Torrners Ausbeute vom Rätsel-Planeten Farin, dem sie buchstäblich im letzten Moment entkommen waren.

»Sir, der Jota-Sektor . . .«

Torrner winkte ab. »Er m u ß stabil bleiben, Ev! Unter allen Umständen! Jetzt darf in letzter Minute nichts mehr schiefgehen. Das Schiff fliegt nach Plan die einzelnen Plätze an. Ich bin in der Zentrale zu erreichen.« Er nickte ihr, Wal Donkay und Mart Wing zu.

In einer Geste, die Verzweiflung ausdrückte, streckte Ev Dillon ihre Hände zur Decke.

»Das kann nicht gutgehen, und es wird nicht gutgehen! Da! Schon wieder der Energieabfall, und jetzt schon um fast vierzig Prozent!«

Alle im Schiff saßen auf einer Bombe, nur wußte niemand, wann sie explodieren würde, um die TOLIMAN zu zerfetzen.

Dachte Ax Torrner nicht daran, als er neben Captain Paja Platz genommen hatte, um zu verfolgen, wie sein bewährter Kommandant die vorbereiteten Wasserspeicher anflog?

Funker Hull hatte den Auftrag erhalten, unter keinen Umständen ein Gespräch zum Kommandostand hereinzugeben. »Und wenn es der Sternverwalter persönlich ist!«

Die TOLIMAN verstieß gegen ein halbes Hundert Verordnungen, als sie mit mehr als Mach 5 in die dichteren Luftschichten der Erde einbrach und sich auf das Alpengebiet herunterstürzte.

»Sir«, meldete Ev Dillon mit klarer Stimme, »Neutro-Feld an der Grenze der Stabilität!«

Scharf unterbrach Ax Torrner sie. »Und wenn Sie den Teufel um Hilfe angehen müssen, Ev, das Unternehmen darf nicht schiefgehen! Unter keinen Umständen!«

An seiner Seite murmelte Captain Paja: »Hoffentlich.«

In der Ferne tauchte der Alpenkamm auf. Davor war die Pfütze zu sehen, die sich Bodensee nannte. Darauf hielt die TOLIMAN in knapp fünfzehntausend Metern Höhe zu.

«Position in sechs Sekunden erreicht!« sagte Paja.

Torrner fragte über die Bordverständigung den Heckraum: »Klar zum Abwurf?«

»Okay. Hier alles klar«, erwiderte Ev Dillon.

Dann war es soweit. Ein winziger Würfel von undefinierbarem Grau stürzte in die Tiefe und raste auf das Schlammloch Bodensee zu.

Die gewaltigen Plastikleitungen der Aufbereitungsanlagen rund um den See sahen wie Spinnenbeine aus, die sich nach allen Richtungen ins Land hinein erstreckten. Der kleine graue Würfel war selbst auf dem großen Bildschirm der TOLIMAN nicht mehr zu sehen. Plötzlich gab es hinter dem Schiff in der Tiefe eine lichtlose und lautlose Explosion, die in ihrer Unheimlichkeit Schmerzen bei demjenigen auslöste, der sie betrachtete. Aus der Explosion wurde eine gigantische Wassersäule. Das Nichts zwischen Raumschiff und Seepfütze hatte sie ausgespuckt und jagte nun der gewaltigen Mulde zu, in der es einmal einen herrlichen See mit malerischen Städtchen und Dörfern gegeben hatte. Im Sturz breitete sich die Wassersäule nach allen Seiten weiter aus. Das Brüllen und Tosen, das dabei zu hören war, stammte von den verdrängten Luftmassen. Es schien einen kleinen Weltuntergang zu geben, als das untere Ende der Wassersäule aufschlug und auseinanderplatzte. In diesem Moment hatte auch die erste Druckwelle die Uferregion erreicht und raste über Dörfer und Städte hinweg. Augenblicke später gab es kein Haus mehr, das noch ein Dach besaß.

Brüllende Wassermassen, die aus dem blauen Gluthimmel schossen, begannen den fast ausgetrockneten Bodensee aufzufüllen.

Die TOLIMAN jagte zu diesem Zeitpunkt den Schweizer Seen der Alpennordseite zu, und immer wieder gab Ax Torrner, die Karten auf dem Schoß, zum großen Heckraum durch: »Abwurf!«

Jedesmal raste dann ein kleiner grauer Würfel von nichtssagendem Aussehen in die Tiefe, löste eine lichtlose, lautlose Explosion aus und schuf unvorstellbare Wassermassen – Sternenwasser!

Ax Torrner hatte einen Blick auf das Bordchrono geworfen und mit Schrecken erkannt, wieviel Zeit schon vergangen war. Er schickte seinem Captain einen forschenden Blick zu, sah auf dessen Stirn die feinen Schweißperlen und fragte dennoch: »Paja, können wir nicht schneller fliegen?«

Der fauchte, während es in seinen Augen blitzte: »Nur in eine Richtung, Sir, und die führt ohne Umwege in die Hölle. Verdammt, reicht's Ihnen nicht, daß in jedem Moment der Stansstoff explodieren kann?«

Ungerührt über den Gefühlsausbruch seines Captain erwiderte Ax Torrner: »Deswegen, Paja, nur deswegen.«

»Es geht aber nicht. Es geht wirklich nicht, Sir.«

Mit zwei Worten beruhigte Torrner seinen zuverlässigen Captain wieder: »Schon gut.«

In Europa hatten sie nicht mehr viel zu tun. Sie hatten keinen einzigen Platz, der zur Trinkwasseraufnahme vorgesehen war, vergessen zu beliefern. Aber sie hatten auch beobachtet, welch unvorstellbaren Verwüstungen die Druckwellen und der nachfolgende Sturm bei der Blitzfüllung der einzelnen Talsperren jedesmal auslösten. An Bord ahnte man, daß es viele Tote gegeben haben mußte, doch die hatten sterben müssen, damit Abermillionen weiterleben konnten.

In knapp einer Minute sollte der nächste Abwurf erfolgen, als Ev Dillon über die Bordverständigung aus dem großen Heckraum schrie, in dem im spannungslosen Neutro-Feld der Höllenstoff aufbewahrt wurde: »Sir, gleich ist es soweit, wir müssen alles in einem Notwurf abwerfen.«

Ax Torrners Gesicht verfärbte sich. Erst ein Drittel ihrer Aufgabe hatten sie erledigt. Das große Asien mit mehr als zwei Milliarden Menschen wartete auf ihr Sternenwasser, mehr als zwei Milliarden halb Verdurstete! Und die konnte und wollte und durfte Torrner nicht enttäuschen. Er ballte seine Hände, die Knöchel wurden weiß. Plötzlich fühlte er die Angst, die Captain Paja ausstrahlte.

Er hatte auch Angst, doch nicht vor der Explosion an Bord, die allen das Leben kosten würde, sondern infame Angst, einen Erdteil unvorstellbar enttäuschen zu müssen. Er beugte sich über das Mikrophon der Bordverständigung und stieß heiser vor Erregung aus: »Ev, schaffen Sie ein Wunder! Halten Sie das Wunder noch zwei Stunden konstant! Ev, wir dürfen keinen Notwurf machen! Man wartet doch auf unser Wasser. Ev, wir dürfen nicht . . .«

Er beschwor sie. Er sagte immer wieder das gleiche. Er kam erst wieder zu sich, als Captain Paja ihm die Hand auf die Schulter legte. Dabei stellte er fest, daß er weinte.

Ax Torrner biß sich auf die Lippen, um seiner Rührung Herr zu werden.

»Sir«, kam die Erwiderung aus dem Heckraum, »wir versuchen das Unmögliche möglich zu machen. Sie können sich auf uns verlassen, aber ich schlage vor, daß jeder in seinen Raumanzug steigt – für alle Fälle, um bei einer Explosion doch noch eine winzige Chance zu haben, Sir.«

»Ja«, sagte er, nun wieder ruhig geworden, »das ist ein guter Vorschlag. Also, rein in die Raumanzüge.«

Die gewaltige Senke in der Ukraine tauchte auf. In Tag- und Nachtarbeit hatte man ein technisches Wunder geschaffen und die Senke zusätzlich mit einem rund fünfzehn Meter hohen Erdwall zu einem riesigen Staubecken präpariert. Da glaubte Torrner wahnsinnig zu werden, als er auf dem großen Bildschirm an einer Stelle des Erdwalls ein paar tausend Menschen entdeckte.

»Welcher Vollidiot hat diesen Narren denn erlaubt, dort herumzustehen?« brüllte er los.

Der Abwurf war schon erfolgt. Wieder gab es die lichtlose Explosion, und sie gebar auch einen gigantischen Wasserberg. Für die Menschen auf dem Damm der Senke war das Todesurteil schon gesprochen.

Über dem Kaspischen Meer rasten an vier Stellen die Orkane los, während die Wassermassen das fast ausgetrocknete Seebecken wieder auffüllten. Der Ural erlebte eine Sturmorgie von einmaliger Schrecklichkeit, aber das zählte nicht, denn alle zum Wasserempfang vorbereiteten Talsysteme waren gefüllt.

Von einer Speicherstelle raste die TOLIMAN zur anderen. Oft lagen nur Minuten zwischen den einzelnen Abwurfstellen, und in diesen Zeitspannen erlebte Torrner mit, welche Tantalusqualen Ev Dillon, Wal Donkay und

Mart Wing im großen Heckraum durch das spannungslose Neutro-Feld ausstanden, das im Jota-Sektor nicht stabil bleiben wollte.

China war versorgt, Tibet auch, die Länder um Kambodscha, die Himalaya-Täler, nur noch der Subkontinent Indien wartete auf ihr Sternenwasser.

Dann hatte die TOLIMAN nur noch drei Positionen anzufliegen.

Alle drei befanden sich in Hinterindien.

Mit einem Zwischenfall rechnete auch Ax Torrner nicht mehr. Plötzlich gellte über die Borverständigung Ev Dillons Alarmschrei: »Das Sternenwasser explodiert! Die Helme schließen! Deflektor einschalten!«

Von einem Augenblick zum anderen war das spannungslose Neutro-Feld im Heckraum zusammengebrochen. Es gab nichts mehr, was die restlichen grauen Würfel, die von Kraftfeldern in der Schwebe gehalten wurden, zwingen konnte, ihren »Farin-Zustand« beizubehalten.

Mart Wing, der der Katastrophe am nächsten stand, zögerte einen Moment zu lange, und der kostete ihn das Leben. Als die TOLIMAN in sechzehntausend Metern Höhe in einer lichtlosen Explosion auseinanderflog, schützte ihn kein deflektorischer Schwerkraftschirm. Er nahm nicht mehr wahr, daß er inmitten eines unvorstellbar großen Wasserbergs steckte, der aus der lautlosen Explosion geboren worden war, und von der Wassersäule erdrückt wurde.

Auch mehr als dreißigtausend Inder, die im Katastrophenbereich wohnten, ahnten von ihrem Sterben nichts. Bevor die brüllenden Luftmassen sie erreichten, waren sie unter dem Wasser schon längst begraben, das sie so sehnsüchtig erwartet hatten.

Von der TOLIMAN waren nicht einmal Fetzen übriggeblieben.

*

Ren Dhark und Dan Riker fühlten sich in die alten Zeiten zurückversetzt, als sie sich in der Kommando-Zentrale der POINT OF aufhielten und über die Kugelschirme den phantastischen Einsatz der TOLIMAN verfolgten. Die Ortungen des Ringraumers hatten das kleine, tropfenförmige Schiff erfaßt und ließen es nicht mehr los. Klar und deutlich war es auf dem Hauptschirm zu sehen, und ebenso konnte jedesmal beobachtet werden, wann einer dieser kleinen grauen Würfel aus dem Heckraum ins Freie geschleudert wurde.

Dan Riker beugte sich zu Ren hinüber. »Mein Verstand streikt, wenn er begreifen soll, daß die Masse, die sich in den kleinen grauen Würfeln befindet, ausreicht, um die größten Sperren der Welt mit Wasser zu füllen.«

»Mein Verstand reagiert nicht anders, Dan«, erwiderte Dhark. »Darum versuche ich es gar nicht mehr.«

In diesem Moment brach das unverkennbare Peilzeichen der TOLIMAN ab, das ihr Peilsender seit Beginn des gefährlichen Einsatzes abgestrahlt hatte. Auf den Bildkugeln der POINT OF flackerte es, und dann war darauf der tropfenförmige Raumer Ax Torrners nicht mehr zu sehen.

Zugleich sprangen Ren Dhark und Riker aus ihren Schwenksesseln auf. Für die zum Einsatz bestimmten Flash-Piloten gab der Sternverwalter Alarm. In diesem Fall eigneten sich die Beiboote der POINT OF besser zur Hilfeleistung als der Ringraumer, der immerhin einen äußeren Durchmesser von hundertachtzig Metern besaß.

Dhark stieg als letzter in seinen Flash 001. Automatisch schloß sich über ihm der Einstieg. Eine Klarmeldung nach der anderen aus den übrigen Beibooten lief bei ihm ein.

»Auf Gedankensteuerung schalten!« befahl er. Allein diese Order war einer der Beweise, daß der Ringraumer und seine Beiboote kein Produkt terranischer Technik waren, sondern ein phantastisches Relikt jener Mysterious, die die Menschen quer durch die Milchstraße gesucht hatten, um sie dann an einem Ort zu finden, wo sie niemand vermutet hätte.

Eingehüllt in ihrem Mini-Weltraum, dem Intervallfeld, flogen sie durch die starke Außenwandung der POINT OF und hinterließen im stahlblauen Material dennoch keine Spur. Die Menschen, die auf dem Raumhafen Cent Field

Dienst taten, hörten für ein paar Sekunden ein unbeschreiblich durchdringendes Pfeifen, aber als sie aufmerkten, war es verschwunden.

Acht Flash rasten mit unglaublicher Beschleunigung in den luftwarmen Raum über Terra, gingen kurz in eine Kreisbahn und stürzten dann, von der Gedankensteuerung geführt, wieder in die Tiefe.

Vor weniger als drei Minuten war die TOLIMAN explodiert.

Acht Flash flogen die Explosionsstelle an. Die hinterindische Landmasse schien den Flashpiloten entgegenzurasen. Aber das konnte sie nicht beeindrucken. Als Partner Ren Dharks auf dessen WEG INS WELTALL hatten sie hundertmal und öfter ähnliches erlebt. Davon waren sie bis zu dem Moment überzeugt, als sie über die 3-D-Projektion über ihrem Kopf die furchtbare Wassersäule sahen, die aus der abgerundeten Spitze eines Wasserberges in den blauen Gluthimmel ragte. Nur Ren Dhark schien von diesem Schauspiel nicht besonders beeindruckt zu sein. Er gab über Funk durch: »Flash selbst übernehmen!«

Titanenkräfte bremsten die über vier Tonnen schweren kleinen Beiboote des Ringraumers ab, und die Flash nahmen mit ihren hochwertigen Ortungen die Suche nach Überlebenden der TOLIMAN auf. Nach wie vor bestand Funkverbindung unter den einzelnen Beibooten. Alle hörten mit, als Dan Riker zu seinem Freund sagte:

»Ren, wenn es nun keinem von der Besatzung gelungen ist, in seinen Raumanzug zu kommen?«

Dhark winkte ab. »Dann ist unser Einsatz vergeblich gewesen. Zur Suche benötigen wir die Emissionen ihres Raumanzug-Konverters. Wir können die Leute doch nur mittels unserer Energie-Ortung suchen. Alle anderen Ortungen versagen hier. Große Hoffnung habe ich nicht, bei dieser Wasserflut unter uns.«

Sie befanden sich über einem Binnenmeer, dessen Zentrum von einem Wasserberg markiert wurde. Und auf diesem Berg reckte sich eine immer noch mehr als zweihundert Meter hohe Wassersäule in den blauen Gluthimmel. Ursprünglich mußte sie über zehntausend Meter hoch gereicht haben. Anders war ihre Existenz zu diesem relativ späten Zeitpunkt nach der Explosion der TOLIMAN nicht mehr zu erklären. In ihr steckten diese urgewaltigen Kräfte, die bis zu fünf Meter hohe Wellen erzeugten, die Wasser buchstäblich verquirlten und damit so zerstörerisch machen, daß ihnen selbst Hügelketten zum Opfer fielen.

Ren Dhark hatte mit seiner 001 im Süden den Grenzbereich des Binnensees erreicht. Seine Distanzortung verriet ihm, daß die Wasserwand an dieser Stelle über zweihundert Meter hoch war. Die Entfernung zum Zentrum des Sees betrug rund acht Minuten nach Entstehen des Sternenwassers schon über zehn Kilometer. Auch Dhark war nicht in der Lage abzuschätzen, wie groß der Binnensee werden würde, wenn seine Wasser zur Ruhe gekommen waren.

Seine Energie-Ortung schlug an. Er dachte konzentriert, und die Gedankensteuerung seines Flash übernahm. Im Kopf hörte er: *Habe Flash 001 übernommen!*

Die Werte, die die Ortung auswarf, wurden klarer. Die Gedankensteuerung flog sein Beiboot der georteten Position zu und näherte sich dabei immer mehr der wildbewegten Wasseroberfläche.

In gut sechzig Metern Tiefe trieb etwas dahin, das hochenergetische Emissionen abstrahlte. Die Ortung hatte die Ausstrahlung als die eines Kleinkonverters in einem terranischen Raumanzug identifiziert.

Im nächsten Augenblick tauchte der Flash ins brodelnde Wasser ein. Das Intervallfeld, das ihn umhüllte – ein künstlich geschaffener Mino-Weltraum –, hob die Existenz des Süßwasser-Sees auf. Über seinen Bildschirm erkannte Dhark das Ziel, das sein Flash, durch die Gedankensteuerung gelenkt, anflog.

Die 001 flog! Sie befand sich nicht auf Tauchfahrt. Sie konnte ebensogut durch die Erde fliegen, im Mittelpunkt eine Pause einlegen und dann nach Gutdünken den Flug fortsetzen.

Im Schutz eines Intervallfeldes war dieses Tun nichts Besonderes. Das Unheimliche daran lag in der Tatsache, daß der Flug eines Flash durch feste Materie nie die geringste Spur hinterließ. Es war physikalisch auch gar nicht möglich.

Daran dachte Ren Dhark nicht, als sein Flash gestoppt wurde. Er schaltete zwei Scheinwerfer ein, übernahm die 001 wieder und steuerte den im Wasser herumwirbelnden Raumanzug an. Automatisch regelte sich die Tiefenschärfe auf der Bild-Projektion über seinem Kopf.

Dhark, der in früheren Jahren einmal den Titel Commander getragen hatte, kniff die Augen zusammen und starrte den Bildschirm an.

Der Mensch, der sich in dem nichtgeschlossenen Raumanzug befand, war bis zur Unkenntlichkeit deformiert. Vom Klarsichtraumhelm war nichts zu sehen.

Aufsteigen! Suche fortsetzen!

Die Gedankensteuerung übernahm das Beiboot wieder. Kaum hatte es die Oberfläche erreicht, als Dhark sich durch Rundruf bei den anderen erkundigte. Die hatten keine Erfolgsmeldung durchzugeben.

Arc Doorn, der mürrische Mann aus Sibirien, der die 004 flog, sagte knurrig: »Commander, wir werden uns schwarz suchen, wenn die Leute von der TOLIMAN nicht daran denken, ihren deflektorischen Schwerkraftschild abzuschalten.«

Ren Dhark grinste jungenhaft. Es tat ihm richtig gut, mal wieder Commander genannt zu werden. Der Titel Sternverwalter hatte ihm noch nie gefallen. Der klang und roch impertinent nach Bürokratie, und gerade mit der konnte er sich nicht befreunden.

»Doorn, wer etwas abschalten kann, lebt noch!« hielt Dhark ihm vor.

Zehn Stunden später glaubte auch Arc Doorn nicht

mehr daran, daß noch ein Besatzungsmitglied der TOLIMAN lebte. Widerwillig gab der Sternverwalter den Befehl, die Suche nach Überlebenden den Abfangjägern der indischen Sicherheitsstreitkräfte zu überlassen.

Der Süßwasser-See hatte inzwischen einen Durchmesser von mehr als dreihundertfünfzig Kilometern erreicht, aber auch 1,2 Millionen Menschen unter sich begraben.

Einheiten der Terranischen Flotte versuchten seit Stunden, die Gebiete zu evakuieren, die von den heranjagenden Fluten bald zerstört sein würden. Stellenweise mußten die Mannschaften Gewalt anwenden und die einfachen Inder, die an eine Lebensgefahr nicht glauben wollten, mit Hilfe der Elektropeitsche in die Raumschiffe treiben.

Als jeder Flash wieder in seinem Depot der POINT OF lag und die Piloten sich mit Dhark und Riker in der Kommando-Zentrale trafen, stürzten sie sich regelrecht auf die neuesten Nachrichten, die während ihrer Abwesenheit eingelaufen waren.

Europa verfügte wieder über Trinkwasser, Asien auch. Wenngleich es bestimmt noch eine Woche dauern würde, bis auch das letzte Dorf wieder ausreichend mit dem lebenserhaltenden Naß versorgt werden konnte. Trotzdem wütete der Mob noch in den meisten großen Städten. Einpeitscher hämmerten den verführten Massen ein, daß die Geschichte mit dem Sternenwasser nichts anderes als ein übler Trick sei, um das Volk mal wieder an der Nase herumzuführen.

Zehn Minuten später sprach Sternverwalter Ren Dhark ein zweites Mal innerhalb eines Monats zu den gequälten Menschen in Eurasien. Die große Hyperfunkstation von Cent Field strahlte seine Rede ab.

»Noch einmal bitte ich Sie: gehen Sie nach Hause! Zerstören Sie nichts mehr. Denn was Sie zerstören, müssen Sie später bezahlen. Glauben Sie mir, es gibt wieder Wasser genug. Ohne sich einschränken zu müssen, wird Eurasien die nächsten fünf Monate ohne Wassermangel leben. Aber darüber sollten wir den Mann nicht vergessen, dem wir alle dieses Wunder zu verdanken haben: Ax Torner. Er und die Besatzung seiner TOLIMAN opferten ihr Leben für die Menschen in Europa und Asien. Ax Torrner, der der Erde das Sternenwasser schenkte.

Das Wasser, das Europa und Asien vor dem Dursttod gerettet hat.

Vergessen wir ihn nicht. Er hat es verdient, daß sein Name sich in unsere Herzen einbrennt: Ax Torrner und sein Sternenwasser!«

Ren Dhark erhob sich aus dem Kontursessel, sah seine alten Gefährten hinter sich stehen, und mit stiller Wehmut dachte er an die abenteuerliche Zeit, als er den WEG DURCHS WELTALL suchte, doch die Gegenwart hinderte ihn daran, sich Reminiszenzen hinzugeben.

Janos Szardak, der Mann mit dem undurchsichtigen Gesicht und der eiskalten Entschlossenheit, schob ihm eine Folie zu. Er warf nur einen Blick darauf, dann flog Leuchten über sein Gesicht, und er stieß aus: »Indien meldet die Rettung von Ax Torrner. Aber auch seine Besatzung will man aufgefunden haben, bis auf einen Mann mit Namen Mart Wing!«

Dhark ließ in Indien nachfragen. Er wollte die offizielle Bestätigung haben.

Man gab sie ihm.

Gut eine Stunde später konnte er sogar ein Vipho-Gespräch mit dem vollkommen erschöpften Ax Torrner führen.

»Sir, niemand von uns begreift, wie wir diesem Wasserinferno entkommen konnten. Es war unbeschreiblich, was wir erlebten. Es gibt keine Erklärung für unsere Rettung. Keiner weiß, wie lange er bewußtlos war. Sir, entschuldigen Sie mich, aber ich möchte jetzt auch ruhen – ruhen. Nur ruhen. Gar nichts anderes tun.«

In Indien brach der Wissenschaftler Ax Torrner vor dem Vipho zusammen.

Drei Tage später befand er sich mit seiner Crew auf dem Weg nach Alamo Gordo.

*

Ax Torrner sprach in Alamo Gordo vor rund sechshundert Wissenschaftlern. Ren Dhark, der mit seiner alten Flash-Crew in der ersten Reihe saß, bewunderte neidlos diesen Mann, der mehr als eine Milliarde Menschen vor dem unabwendbaren Dursttod gerettet hatte.

Fast gelassen, ohne jede Emotion, hielt Torrner seinen Vortrag.

»Es ist tatsächlich ein Wunder, daß mein Mitarbeiter Wal Donkay d i e Spule einsteckte, als wir unseren Versorgungsflug begannen, die Ihnen mit ihren Aufnahmen zeigen kann, wie Sternenwasser auf dem Planeten Farin aussieht. – Bitte, die Projektion!«

Automatisch wurde der Saal verdunkelt, der Film lief ab.

Die kobaltblaue Mördersonne war zu sehen, dann die winzige Planetenkugel Farin. Kurz darauf erfaßte die Magnetfeld-Linse grauen Boden.

Torrner kommentierte: »Ohne unsere Untersuchungsinstrumente und Ortungsgeräte wären wir doch niemals auf den Gedanken gekommen, in diesem grauen Material Wasser zu sehen. Als wir dann endlich begriffen, daß wir an dieser Tatsache nichts ändern konnten, trat das Problem an uns heran, auf welche Weise man dieses ›Farin-Wasser‹ zu transportieren hatte . . .«

»Kollege«, kam der erste Zwischenruf, »wollen Sie damit behaupten, auf Farin schon erkannt zu haben, daß Ihr entdecktes Wasser sich unter Umständen bösartig verhalten könne?«

Für einen Augenblick schaute Ax Torrner den Zwischenrufer eindringlich an, dann nickte er.

»Und woher bezogen Sie dieses erstaunliche Wissen, Kollege?« fragte der Zwischenrufer verbissen.

»Aus meinem Wissen über den Mini-Planeten Farin und seine kobaltblaue Sonne. Farin ist einmal ein Riesenplanet gewesen. Ich schätze, daß er drei- bis viermal so groß war, wie Jupiter heute ist. Durch Gravostöße seiner Sonne wurde er zur Mini-Planetkugel verändert. Eigentlich hätte er auseinanderfliegen müssen, aber das tat Farin nicht. Auch die vier anderen Planeten seines Systems zerbrachen darüber nicht. Wahrscheinlich war der erste Gravostoß so stark gewesen, daß er ihre Umläufer auf Anhieb in einen anderen Aggregatzustand versetzte.«

»Das sind doch graue Theorien, Kollege Torrner!« rief der andere erregt, und seine Erregung begann sich unter den übrigen Zuhörern auszubreiten.

»So?« erwiderte Torrner gelassen. »Ist mein Sternenwasser auch nur graue Theorie? Kollege? Warum bringen Sie die Geduld nicht auf, bis zu meinen Erklärungen zu warten? Viel habe ich Ihnen ohnehin nicht mehr zu sagen.

Ladies und Gentlemen, in diesem Zusammenhang muß ich an Easton Craig und dessen *Große Gravo-Theorie* erinnern, in der er die Existenz von negativer Schwerkraft als vorhanden bezeichnet. Bis zur Stunde war kein Wissenschaftler bereit, ihm in diesem Punkt zu folgen, aber nun hat man mit der Tatsache fertig zu werden, daß es diese negative Schwerkraft gibt.

Meine Mitarbeiter und ich haben auf dem Planeten Farin negative Schwerkraftstöße erlebt. Soweit es unsere Forschungsmittel zuließen, haben wir alle erfaßbaren Daten und deren Erscheinungsformen festgehalten. Leider sind sämtliche Unterlagen durch die Explosion der TOLIMAN vernichtet worden.

Meiner Erkenntnis nach ist nur aufgrund der negativen Schwerkraft die unheimliche Veränderung des Planeten Farin möglich gewesen, von der wir das Sternenwasser mitbrachten. Sie versetzte alle fünf Planeten in einen uns unbekannten Aggregatzustand. Craigs *Große Gravo-Theorie* liefert die Erklärung dazu, warum diese Planeten kollabierten und diese ungewöhnliche Dichte erreichten, die man sonst nur bei Sonnen beobachtet . . .«

»Aber dann muß das Sternenwasser doch zigtausend Tonnen pro Kubikzentimeter gewogen haben, Kollege?«

»Nein, Kollege«, antwortete Ax Torrner in das Dunkel des Saales hinein, »nein! Sie haben den uns unbekannten Aggregatzustand außer Betracht gelassen. In seinem Bereich müssen physikalische Gesetze zur Wirkung kommen, die uns völlig unbekannt sind. Der Forschung hat sich damit ein neues Tor aufgetan, um tiefere Erkenntnis zu bergen. Doch lassen Sie mich fortfahren:

Ich will die Schwierigkeiten, denen wir auf dem Planeten Farin begegneten, und mit denen wir schon beim Einflug ins System konfrontiert wurden, nicht näher aufführen. Das Sternenwasser an Bord zu nehmen, war kein Problem, aber es in seinem Aggregatzustand zu belassen, warf Schwierigkeiten auf, die fast unlösbar schienen. Erst mittels des spannungslosen Neutro-Feldes . . .«

»Was ist das, Kollege?« Bissig der Zwischenruf.

»Das, was der Ausdruck besagt!«

»Aber ein Neutro-Feld ohne Spannung kann nicht stabil erhalten werden, Kollege!« Der Zwischenrufer ließ nicht locker, obwohl hier und dort schon gezischt wurde.

Lachte Torrner? Die Dunkelheit im Saal verbarg es.

»Kollege, ich stehe hier, um Ihnen einen kurzen Bericht zu geben, aber ich bin nicht daran interessiert, eine wissenschaftliche Diskussion auszulösen. Betrachten Sie das Bild, das Ihnen der Film zeigt, Kollege, und Sie sehen in einem spannungslosen Neutro-Feld die grauen Würfel schweben, die Sternenwasser sind.

Darf ich abschließend daran erinnern, daß mein Raumschiff über dem indischen Subkontinent auseinderflog, w e i l wir nicht länger das spannungslose Neutro-Feld stabil halten konnten? Leider kam dabei einer meiner engsten Mitarbeiter ums Leben. Wir anderen konnten uns retten.

Ich . . .«

Von den Feldmembranen der Saallautsprecher klang eine tiefe Männerstimme auf und übertönte Torrner.

»Blitzmeldung der Geophysic Central in Palmer City!

Die 23-er-Wettersatelliten haben die Existenz eines sich immer weiter ausdehnenden Island-Tiefs bestätigt, das sich mit hoher Geschwindigkeit dem europäischen Kontinent nähert. Starke bis wolkenbruchartige Regenfälle sind in den nächsten sechs bis acht Stunden zu erwarten. Gesamteuropa wird übermorgen bis weit in Richtung Ural im Einflußbereich dieses starken Tiefs liegen.

Für Nord- und Südamerika wird eine einschneidende Wetterverbesserung in zwei Tagen erwartet. Der mittelamerikanische Raum . . .«

Da gab es noch jemand, der ein Enkel Stentors sein mußte. Dieser Jemand kam von draußen und schrie laut wie ein Irrer: »Die Sonne ist durchgebrochen! Die Sonne scheint! Es regnet nicht mehr! Wirklich, es regnet nicht mehr!«

Zweihundert von rund sechshundert Experten, die alle in Amerika zu Hause waren, stürmten nach draußen, um endlich mal wieder Sonnenschein zu sehen. Ax Torrner wartete geduldig ab, bis wieder Ruhe im Saal eingetreten war.

»Ladies und Gentlemen«, sagte er, »von diesen beiden Meldungen habe ich mich gern unterbrechen lassen. Sie werden verstehen, daß ich meinen Vortrag nicht mehr fortsetze, aber in absehbarer Zeit werde ich gern bereit sein, mit Ihnen zusammen herauszufinden versuchen, in w e l c h e m Aggregatzustand sich mein Sternenwasser vom Planeten Farin befand.«

Wenig später, als er sich vom Sternverwalter Ren Dhark verabschieden wollte, fragte dieser: »Mr. Torrner, ich habe Ihnen einen Vorschlag zu machen. Hätten Sie keine Lust, mit mir zusammen in der POINT OF nach Farin zu fliegen, um an Ort und Stelle Antwort auf diese Fragen zu finden?«

Abenteuerlust leuchtete in den Augen des Sternverwalters, der sich in diesem Augenblick wieder als Commander seines Ringraumers fühlte, und mit unbeschreiblicher Freude hörte er Ax Torrner erwidern:

»Gern nehme ich Ihren Vorschlag an, Commander. Sie ahnen gar nicht, wie gern. Wann starten wir?«

– E N D E –